小说家的散文

方　方

拜访狼巢

河南文艺出版社

·郑州·

图书在版编目（CIP）数据

拜访狼巢/方方著. —郑州:河南文艺出版社,2019.10
（小说家的散文）
ISBN 978-7-5559-0857-9

Ⅰ.①拜…　Ⅱ.①方…　Ⅲ.①散文集-中国-当代　Ⅳ.①I267

中国版本图书馆 CIP 数据核字（2019）第 143057 号

拜访狼巢
Baifang Langchao

选题策划　　陈　静
责任编辑　　陈　静
书籍设计　　刘婉君
责任校对　　梁　晓
责任印制　　陈少强

出版发行　河南文艺出版社
本社地址　郑州市郑东新区祥盛街 27 号 C 座 5 楼
邮政编码　450018
承印单位　河南瑞之光印刷股份有限公司
经销单位　新华书店
开　　本　787 毫米×1092 毫米　1/32
印　　张　8.125
字　　数　154 000
版　　次　2019 年 10 月第 1 版
印　　次　2019 年 10 月第 1 次印刷
定　　价　38.00 元

印厂地址　河南省武陟县产业集聚区东区（詹店镇）泰安路
邮政编码　454950　　电话　0391-2527860

作者简介

　　方方，作家，原名汪芳，1976 年开始写诗，大学期间始发小说。1987 年发表中篇小说《风景》，引起极大反响，成为"新写实派"代表作家之一。主要作品有长篇小说《乌泥湖年谱》《水在时间之下》《武昌城》等，中篇小说《风景》《桃花灿烂》《祖父在父亲心中》《奔跑的火光》《万箭穿心》《琴断口》《涂自强的个人悲伤》等，历史文化随笔《到庐山看老别墅》《汉口的沧桑往事》等。其作品曾获全国优秀中篇小说奖、鲁迅文学奖、中国女性文学奖、湖北屈原文学奖等多种奖项。多部作品被译为英、法、日、意、葡、韩、泰、西班牙等文字在国外出版。

目录

第一辑　行踪记

拜访狼巢

上世纪 90 年代，我应邀去美国进行四周的访问。在翻译陪同下，由东而西，一路走过。最后一站是旧金山。有一天，翻译把我交给当地义工。按行程安排，是由他们陪同我参观旧金山郊外的葡萄园。

陪我的义工是来自中国甘肃的一位老师。她的先生是美国人。还有他们正上中学的儿子与我们同行。惭愧的是，岁月已久，我忘记了他们姓甚名谁。老师的美国先生开车，带领我们参观。介绍旧金山葡萄园的历史，也主要由他讲述。他领着我们去一座很老旧的葡萄园作坊，说最初的作坊就是那个样子。这里几无游人，四处陈旧不堪。但放眼望去，环绕它的，却是一望无际的葡萄园。我们就在这个旧作坊的空地处吃着自带的午餐。美国先生突然说，你是作家，知道杰克·伦敦吗？

这个名字对我来说，简直太熟悉了。从少年时代起，我就开始读杰克·伦敦。无论是《荒野的呼唤》还是《热爱生命》，还有他的《白牙》《马丁·伊登》，都曾是我喜爱的作品。兼及作家本人，杰克·伦敦充满野性和张力的人生，也是我等平庸之辈所羡慕所向往却做不到的。

我立即回答说，当然知道。我非常喜欢他的作品。美国先生高兴起来，他说，杰克·伦敦的墓就在附近，你想去看看吗？我大声说，太好了！他还有座狼巢，被烧掉了。美国先生见我知道狼巢，更高兴了，说是的，也在那里。树林很大，我也是很久以前去的，要寻找一下。

于是我们马上驱车而去。其实美国先生对道路很熟，稍微转了一下，随即找到了那片森林。森林之大之荒凉之寂静，完全在我的意料之外。正值秋天，满林子被季节熏染过的或黄或红的树叶与一些常青树木重叠交错，让人满眼的斑斓混杂。我们踏上一条林中小路。小路两边，灌木和大树高低错落，不时有乱枝横挡在眼前。似乎从未有过人迹，而覆盖着树叶的小路却已被人踩实。可见来过的人也不会太少。

依着指示路牌，在林中小路上走了十几分钟，我们先到了杰克·伦敦的墓地。没有墓碑，没有坟包，也没有墓志铭，有的只是一块巨大的石头。石头在雨露风霜下，长着层层苔藓，老的死去，新的再生。杰克·伦敦的肉身就埋在这块石头之下，而石头被一圈业已陈旧的木栅栏围护着。真不知道他狂放不羁的灵魂能否被这石头压扁或遭栅栏围困。好在杰克·伦敦并不孤独，邻旁便是他儿女的墓地。

从墓地到狼巢，步行只需三五分钟。尽管已知狼巢建在密林之中，但它出现在我眼前时，我仍然有点心惊。没有料到，它给我的感觉，竟然有些悲壮。四周有参天的大树围绕。被焚过的狼巢，尽管火痕历历，但其轮廓依然清晰，在斑驳的阳光下，一派风光地挺立着。

狼巢的外墙所用石块呈赭红色，大小不一，交错砌就。据说附近的山谷叫月亮谷，石头都是从那里运来。时光已久，石块表层一如墓地的石头，也生长着些许苔藓，东一片西一片地粘在石墙上。室内已烧毁得完全不成形状，但巨大的浴缸却清晰可见。最显著的是狼巢的烟囱，有四五个，高耸着，威武而挺拔。纵然已成废墟，但其粗犷而坚定的风格，还保有杰克·伦敦气质，与我脑海中的印记很是吻合。

狼巢是杰克·伦敦的心血之作。据说他花了好些年的时间，延请名家设计，精心筑就。内部豪华，外观壮丽。但意外的是，在他即将搬入的前两三天，一场大火将它烧毁，至今都没有人说清火灾的缘由。这场火似乎也烧掉了杰克·伦敦的野心和生命。大概三年后，杰克·伦敦便去世。是自杀身亡还是疾病无治，我已经记不太清。所记得的只是，他死时只有四十岁——这该是何等风华正茂的年龄。

离开时，我们都没有说什么。甚至，我连其所在的地名都没有问。

一晃过去了十几年，我再次来到旧金山——是路过。秋阳下狼巢的样子，不时在脑海浮现，我突然很想再去看看。有同学居住在旧金山，特意来酒店看我。我问他，你去过杰克·伦敦的狼巢吗？同学吃了一惊，说他居然完全不知道。我说我去过，但我还想再去看看。同学立即说，我陪你去。于是他向朋友打听了路线，第二天我们即驱车前往。

现在我知道了，我们要去的地方在旧金山北部的索诺玛县。这一带正是葡萄盛产区域。索诺玛山脉环绕着这里密集的葡萄酒庄。一百年前，杰克·伦敦在这里买下了一个农场，看上去，他试图过一种边耕作种植边写作的生活。狼巢便建筑在他的农场之内。

当年的农场现已是杰克·伦敦历史公园。经过一棵老树，我看到一幢石屋。同学看了介绍说，这是杰克·伦敦纪念馆。房屋是杰克·伦敦去世后，其夫人仿狼巢风格所建造，新近才开设为纪念馆。

馆内很清静，墙上挂着杰克·伦敦的照片，柜中陈列着杰克·伦敦的遗物和手稿。虽然触碰不到，但走近它们时，似乎仍然能感觉得到杰克·伦敦的气息。想到这曾是杰克·伦敦亲用之物、亲抚之纸，难免不让人怦然心动。

再一次踏上了那条小路。墓地和狼巢与我十多年前看到的完全一样。时间在此，有如凝固。它们仿佛潜伏在这片森林之中，不动声色地看春来秋去，人世沧桑，只是苔藓更密更厚了一些而已。甚至，这一切给我的感受，与十几年前相比，也没有什么两样。

有时候，什么也不为，只因为你读了他的作品，他的作品影响过你的人生，于是，就想来看看。看看就好。

而实际上，你看到的可能是一个人生微缩：你的奋斗，你非常努力的奋斗；你的不放弃，你异常顽强的不放弃，但经常就只剩得断垣残壁式的一个结果，留下一块苔痕累累的石头，在夕照下，闪耀光芒。它或许照亮后人的内心，又或许给他们的只是更深重的阴影。

德国老太玛尔塔

有一年春天，天津作家航鹰给我来电话，说有个德国老太，在武汉出生，并在武汉长到十四岁才回德国。她过几天要来武汉，想寻找她家以前住过的房子。但她已有八十多岁了，大家怎么劝阻，她都不听，执意只身前往武汉。甚至她已经预订了武汉的酒店和往返机票。可是她在武汉一个熟人都没有，你能不能照顾她一下？航鹰随后传来了一份老太太的资料。资料上说她叫玛尔塔，能讲德语和英语，在武汉逗留的时间是一周。

我满口答应了下来。对于有这样情怀的老人，我很感佩。照顾并帮助她自然是件义不容辞的事。但糟糕的是，我是个外语盲。非但拗口的德语一句不会，就连大学念了几年的英语也几乎悉数还给了老师。我该怎么接待这位念旧的老太太呢？

苦思苦想后我终于想到了一招：去网络求助。

武汉有一个"汉网"。汉网有一个叫"人文武汉"的论坛。这个论坛上活跃着一帮热爱武汉的"极端分子"。谁要有半句对武汉不敬的话,几乎就会被他们的板砖砸死。因为认识版主江城丫丫,所以我经常去那里潜潜水,看他们对武汉林林总总事情的评头论足。他们最关心的是武汉老建筑,经常相约一起,沿街拍照。他们把这种行动命名为"扫街"。写了许多有关武汉风土民情地理历史的文章,我也从中获益不少。我想,德国老太如此深厚的武汉情结,一定会令他们开心,很可能他们会施以援手,帮我解决难题。

于是,我赶紧在汉网正式注册,并到"人文武汉"发出求助信。我的求助内容如下:

有一位八十二岁的德国老太,是一位无喉发声专家。她在访问天津后,突然自己买了机票要来武汉。原因是:她的父亲曾经是武汉德商(凯利贸易公司老板——老太再三表态,说绝对不是侵略者),母亲(美国人)曾在协和医院工作。而她本人在武汉出生,并在这里生长到十四岁才回去。她想来看看她以前生活过的武汉,看看她生活过的家(这座房子还在,据说现在是武汉迎宾馆)。她随身带着当年她在武汉拍的许多老照片。以上内容是天津作家航鹰告诉我的。老太只身一人到武汉来,无亲无友,为此航鹰打电话向我求助,我当即便答应下来。虽然我与这位德国老太素不相识,但我却很为她对武汉的这份感情所感动,深觉有责任和义务来帮助这位老太。

老太太 13 日到武汉,21 日离开。这七天时间,除了一天(也或者两天)由武汉外国专家局安排其到协和医院讲座外,其他时候都得我来照顾。但可怜的是我学过的外语一毕业就都还给了老师,实在无力独自相陪。同时这期间我还有可能要出一两天的差。所以,在这里急寻热心人——跟我一样,相当于义工——援手相助:陪陪这位热爱武汉的德国老人。能说外语者最好(老太能说英语和德语,估计还会说几句武汉话。她自己说到了武汉,就能想起一些武汉话来)。时间是 16 日至 20 日。(14 日她去协和医院讲座,15 日我落实了一个翻译。)

这期间,估计有传媒对她做专门的采访(尚无翻译)。武汉电视台可能有人跟拍人物片(亦无翻译)。因为这个老太跟武汉的关系还是很有意思的,相信这些报道会有人关注。如果有朋友有心有意有时间有能力愿意帮忙,请在此留言告诉我。或者告诉江城丫丫,请她转告于我。

这是我第一次尝试网络的力量,相信它法力无边。在此也先向各位道谢。

我发完帖子,给版主江城丫丫打了电话。很快丫丫回话说,大家相当踊跃,都表示愿当义工,一起来照顾玛尔塔老太太。具体事项由一个网名叫"兵哥哥"的年轻人负责。

年轻人的效率真是高极了,他们很快就排好值班日期。每天都有两个以上的网友前来照顾老太太,并且其中有一人能讲英语。德国老太来武汉寻找她少年时代的住所,重温她的武汉梦,这样的事,自是有新闻效应,本地电视台和报社的记者们亦被惊动,他们都对这位老太的武汉情结产生兴趣。

老太太住在长江大酒店,这是她自己预先通过旅行社订好的。旅行社的人把她送到酒店,她刚一住下,便急着要去寻找自家的房子。这天我也陪她同去了。

武汉迎宾馆在汉口惠济路一带,因距当年英国人开办的西商跑马场很近,故这一带曾经住有许多洋商。1949 年以后,那些老屋被政府收去,或成宾馆,或成政府官员住宅。也因为这个缘故,它们得以保留。更巧的是,我家以前也住这一带,那些地方,我都极熟,根本不费半点气力,我们就到了玛尔塔老太家的附近。

现在的惠济路,新旧房子错落混杂。隔得老远,便见一幢小楼的窗户从其他房屋的缝隙中显露出来。玛尔塔老太太一见这扇窗户,立即说:"这就是我家! 窗子还没变。"激动之情溢于言表。

果然是一幢很德国式的小楼,现在它以招待所的方式存在。我们对里面人说明情况,于是得到自由参观的允许。大家随着玛尔塔参观这房子。除阁楼的窗子完全没变外,室内大部分地方都被改造过,格局与以前不太一样。但玛尔塔老太太依然饶有兴趣,她一间间地参观,不停地向我们介绍,这里原来是什么样的,那里原来是做什么的。

有一个房间里,放着一张麻将桌。玛尔塔老太立即兴奋起来。她笑着坐了下来,并且告诉大家她会打麻将。我们一帮人有些将信将疑,几个记者和义工便也坐下,认真地陪她打了一圈。玛尔塔老太非常老练,居然还和了!而且绝不是另外三个人谦让的。这结局着实让我们所有人大吃一惊。惊讶过后,又都大笑不止。玛尔塔老太也跟我们一起大笑。

找到自己的老屋,了却了玛尔塔老太太一桩心事。余下几天,便是闲逛武汉了。现在的武汉,与老太太少年时的武汉自是太不一样。几乎她印象中有过的一切都不复存在。连她以为自己来到武汉便能说几句的武汉话,她也完全回想不起来。在武汉近一周的时间里,她过得像大明星一样。每天都有翻译、有车马、有陪同,还有人请吃饭。这且不说,电视台记者天天贴身跟拍,报社记者亦时时追随采访。汉网的朋友,更是轮流安排人员陪着她玩,当然也听她讲述当年武汉的旧事。几天里,她把武汉好玩的地方,什么黄鹤楼、东湖磨山、汉口江滩等等,都玩了个遍。

汉网朋友管她叫"德国太婆",这称呼最有武汉话特色,我看一次笑一次。因长期拍摄老建筑之故,他们几乎人人手持数码相机。每到一处,都为这位德国太婆留影无数,并且将她全天的活动在汉网向所有围观的网友做特别报道,真是像节日直播一样。

到东湖那天，我也抽空同去了。玛尔塔老太讲她在少年时，有一次跟父母闹别扭，一个人赌气骑着自行车跑到了东湖。家里人找疯了，最后还是动用了警察才把她找到。那时的她，正一个人躺在东湖附近一间废弃的小屋里哭泣。她说时，不停地笑，脸上的神情天真若小孩子。她甚至还想找到那间小屋。大家都说，啊啊，这不可能。

更有意思的是，玛尔塔说她家当年还有幢别墅在庐山。于是我带去一本我写的《到庐山看老别墅》的书，想让她看看现今山上的样子。哪知道玛尔塔只翻了几页，就指着一张图片，惊呼道：看，这就是我家别墅！然后忙不迭地拿出自己从德国带来的照片进行比照。我们一看，发现果然就是。实在太让人惊异了，于是我把那本书送给了她，虽然她不认识里面的任何一个中国字。

玛尔塔走的时候，我因头疼没有前去相送。汉网的朋友们把她送到机场。他们相当细心，做事有情有义。他们把这位"德国太婆"在武汉所有的照片刻成光盘，又将印着她大幅照片的报纸，整理了好几张，都当作礼物送给了她。说真的，我听到这些时，一直在想，玛尔塔老太太面对这些热情的武汉年轻人，心里会有怎样的感受呢？回到德国，她会对她的亲人说些什么？无论如何，我想，在武汉的这几天，都会成为她的美丽记忆。

故事还没有完。

忽有一天，我接到一个电话。是一个男人的声音，腔调听得出是外国人在说中文。他说他的电话是从慕尼黑打来的。他叫谢教授，是玛尔塔老太太的朋友。玛尔塔托他打来电话，一是表示感谢，二是希望我能有机会去德国并到她家做客。我自然一一答应，并请他代问候玛尔塔老太太好。此后谢先生就经常给我打电话或是写邮件，都是代玛尔塔老太太亲力亲为。内容最多的就是：你什么时候能来德国？

2009年，我应"德中同行"文化项目的邀请，终于得了个机会去德国。我将在德国的德累斯顿住一个多月。行前几天，正好谢先生有电话来，我便告诉了他这件事。

显然他迅速地把这消息转告了玛尔塔老太太。于是我不停收到询问我何时能去慕尼黑的邮件和电话。德累斯顿其实离慕尼黑也不算太近，要坐飞机。临时买机票，非常贵。而我在慕尼黑既没其他熟人，又没别的事情，所以我一直犹豫要不要破费银两跑去一趟。可是催我去慕尼黑的邮件更勤了。不光谢教授，还有玛尔塔老太的华人朋友。我终于架不住玛尔塔老太的盛情相邀，决定专程跑一趟。

到机场接我的是谢教授。机场距玛尔塔老太的家很远，谢教授住在城区较近的地方，所以他担当了车夫。我到的第二天即由谢教授送我去玛尔塔老太家里，一同去的还有玛尔塔老太太的两位女友。谢教授笑说，她们都是老太太的麻友。

玛尔塔老太太住在慕尼黑郊区。一路上他们都跟我介绍，说老太太经常约他们去她家打麻将。并且玛尔塔老太的麻将打得特别好，这一带会打麻将的德国人，差不多都是她教出来的。又说，虽然她很老，但她相当精明，很会算，并且性格有点强悍。所以，她赢的时候比较多。

听他们讲这些闲话，我觉得非常有趣。原来麻将就是以这样渗透的方式，慢慢在欧洲流行起来的呀。

玛尔塔老太对于我的到来，非常高兴。她早早就在家里做好了点心。她家的房子很大，但已经比较旧了。家里有一个很大的花园，里面散种着树与花，非常漂亮。她的丈夫早已去世，她与女儿住在一起。跟前几年来武汉时相比，她的腰弯得很厉害，走路弓着身体，形成一个钝角。但她的生活完全自理，尽管她已经八十六岁了。

我们在她家的屋廊下一边吃点心，一边聊天。玛尔塔老太找出她家保存了无数年的几本书和照片送给我，都是关于庐山的，是些相当珍贵的资料。我说，我一定把它们送给庐山图书馆。如果可能，请他们给您寄一个证书。她听罢十分高兴。对于武汉，她一直赞不绝口，只是感叹自己再也没有力气飞去武汉了。

其实像玛尔塔老太这样的人，是一刻也闲不住的。中午过后，她提出来要带我们去她家附近逛逛。她家四周很漂亮，远远地能看到阿尔卑斯山，山下有很多自由散漫的奶牛悠悠地走来走去。

因为谢教授已经开车回家了,我以为她不过是带我们出门散散步,闲逛一下。不料,她却从车库里呼呼地开出一辆小汽车。尽管她的腰弓得厉害,但当她佝偻着腰钻进车里,一坐下来,立即满脸神气。几个动作下来,完全不像一个行动迟缓的老太,而更像一个莽撞的年轻人。

　　我的吃惊感真是不小。同行的我们三人,最年长的是我。就算年长,跟玛尔塔老太相比,也要年轻三十多岁。我们却听任着这位老太,呼啸地开着车,在阿尔卑斯山下到处兜风。我立即想到"拉风"这个词。可是,这样的词汇,从来都不是形容老太太的。

　　玛尔塔老太一边开车,一边向我们介绍周边环境。汽车太老旧了,仿佛像她本人一样老,半道上突然发出奇怪的巨响。我们不明原因,都有些紧张。玛尔塔老太也不知原因,但她下了车,对着汽车,伸出脚,"嗵嗵"就是几下。再上车时,声音居然没有了。然后她又继续开。不一会儿,巨响又起,如是这般好几回。每次她从容下车,然后抬脚踹车,"咚咚咚"的声音,很大,似乎她还有不少力气。那副架势,让我们坐在车上的人,全都笑坏了。

　　晚餐时,玛尔塔老太执意要请我吃中餐。中餐馆在城里,老太住在乡下,中间路程要花一个多小时。正逢下班高峰时间,仍是老太开车,一路堵堵行行,到餐馆时天都黑了。点菜时,玛尔塔老太问我有没有喝过慕尼黑啤酒,我说还没有。于是她立即帮我要了一杯啤酒,也给自己要了一杯。她说,到慕尼黑来不喝我们的啤酒是不行的。

啤酒送上来时，我真是吓了一跳。那是很大的一个玻璃杯，我从没一次喝这么多啤酒的经历。我说我恐怕喝不了。玛尔塔老太说，你一喝就知道你能喝了。对她这样的说法，我也没辙。玛尔塔老太全无顾忌，拿起杯子，就豪饮起来。于是，我也喝。这个晚上，我随着这位豪迈的老太太，喝了我平生最多的一次啤酒。喝完后，她说，你看，一点问题都没有吧。

吃饭聊天是很耗时的，不觉间就很晚了。玛尔塔老太从早上开始陪我们，下午又是兜风，又是蹬车，一直到现在，几乎没有休息片刻。而我们饭后，很快就会回到住地，她却还要一个人开一个多小时的车回到她的乡下。我有些担心。谢教授说，她没问题。她强悍得很。

这是我第二次听到他们用"强悍"一词形容玛尔塔老太。从他们的语气中，我听得出他们用这个词时，带有调侃和亲昵之意。他们说，玛尔塔老太比他们的身体还要好。

第二天，我要离开慕尼黑，仍然是谢教授送我。玛尔塔老太打电话找谢教授跟我告辞。她声音洪亮，说了一长串的德语，我一句也听不懂。谢教授翻译完说，你看，她什么事都没有吧。她还要我们过去打麻将。

我也忍不住大笑。笑完觉得，面对这样的老太，你除了佩服和赞叹，更多的还有惭愧。

因我们很容易感叹自己的老，很容易为青春的流逝而伤感，很容易说那句"岁月不饶人"的话，觉得人生到此也就如此了。可是我们的这份老，距玛尔塔老太的老，隔着三十多个年头，真有着相当长的距离。老成那样的玛尔塔老太，却始终满怀着童心和斗志。一想到她坚决果断地不顾众人相劝，一意孤行地跑来武汉寻找往事的样子，一想到她用脚狠狠踹车的样子，一想到她豪迈地打着方向盘开车的样子，就觉得这样强悍的生命力真是让人感动，也真是励志。

一个房间的小木屋

一

　　当我向大使馆文化处负责安排我美国之行的贺侠先生提出我想去瓦尔登湖时,他脸上露出惊异的神情。因为翻译上的误差,美国人对瓦尔登湖总要迟几拍才会弄明白它是什么。在交谈之中,贺侠先生突然就明白我的"瓦尔登湖"的意思,竟激动起来,连连说"梭罗也是我最喜欢的作家,我非常高兴,非常高兴",然后起身去书架取下一本梭罗的书送给我。贺侠先生说,从来没有人提出过这个要求,你是第一个。我们将尽量满足你。

　　怀着几分兴奋也怀着几分期待,日行了几千里,换乘了三架飞机后,我终于来到了华盛顿。这是 1997 年的秋天。在这座美丽的城市,一个名为"子午线国际访问者中心"的官员为我安排好了整个访美行程。但是瓦尔登湖却没有出现在我的行程之中,这使我颇感失望。

在美国人征求我对访问行程意见时,我提出非常想去瓦尔登湖。我向他们讲了我对《瓦尔登湖》这本书的喜爱,也讲了梭罗对中国作家的影响,甚至讲到了译者徐迟以及他的死⋯⋯美国人显然通情达理,对我的心情表示可以理解。他们商量了一下,决定满足我的愿望,于是在我的行程中,加上了波士顿一站——因为瓦尔登湖在波士顿的附近。

我虽然正经地上过大学,可应该说我还是很孤陋寡闻的。因为直到 1984 年,我才知道《瓦尔登湖》这本书。那是书的译者徐迟先生跟我说的。有一段时间徐迟住院,医院正好在我工作的电视台附近,于是我有时便去看看他,并陪他在旁边的中山公园散散步。徐迟在散步中同我讨论思想的激情这一话题时,讲到了梭罗,并由此讲到了他翻译的《瓦尔登湖》这本书。徐迟反反复复地说:"这本书非常好,你一定会喜欢。"其实当时我并没有在意,因为作者和书名对我来说都太陌生。

令我意想不到的是,隔了不久,徐迟便送给我一本《瓦尔登湖》。我立即就读了。记得那时我住在集体宿舍里,白天同室女孩子都上班去了,宿舍里极其安静,静得有些寂寞,于是便从这本书里读出无数的感动。正像徐迟后记中所说:"语语惊人,字字闪光,沁人肺腑,动我衷肠。"从那之后,这本蓝底上有着黑色河流和树林的《瓦尔登湖》便成为我最喜欢的书之一。

而瓦尔登湖也就成为我的一个向往之地。

只是,对于我来说,这个地方实在太遥远,遥远得有几分神秘。瓦尔登湖美丽恬静的景色在我心里已想象过百回。是什么样的自然什么样的气韵,能滋生和孕育出如此不同凡响的一本书呢?

二

我是坐火车从纽约到波士顿的,安排我行程的美国人说,不能光让你坐飞机,也让你感受一下火车。美国的火车的确宽大而舒适,人很少,软软的座椅,令人有享受感。一旦享受,便昏昏欲睡。不似在国内,车厢里永远挤满着人,焦虑和担忧时时折磨着你,而女列车员则总是挂着你欠她一千大洋的面孔。

火车行不多久,便见到大西洋。海水蓝得像是人在远远的地方涂抹的颜料,风景自是极其的美丽。路两边许多的树叶都红了,在明亮的秋阳下显得无比妩媚。行程中,偶可见些港湾,港湾里泊着色彩鲜艳的小船,甚至望得见有人在船上跳上跳下,有一个人很胖。我带着徐迟送给我的那本《瓦尔登湖》,一边看风景,一边看书。

美丽的风景对于我来说,总有着不可抗拒的诱惑。就算在想当然之间，心里也会有一阵说不出的跃动。一个人向往美丽的自然，向往自然散发出来的飘逸和它无际无边的神秘，以及那种无缘无故便可让你内心沉静的气息，真的是需要一种情怀。而在今天这样纸醉金迷、浮躁不安的生活中，这样的情怀越来越不被认同。所有对于美好的向往和浪漫，都被人以居高临下的姿态嘲讽和取笑。这种嘲讽和取笑，比辱骂更能令人容易主动丧失自己的本真。

波士顿下着雨，天气比纽约陡然就冷了许多。因在国内睡懒觉惯了，而且还不坐班，几成习惯，突然间在美国连续奔波，天天早起，体内的懒虫便一起造反，令我头疼剧烈。住进旅馆后，我生怕自己就此便会倒下。而在这里，访问梭罗协会和参观瓦尔登湖只有一天时间。于是吃药，于是不顾一切地倒头便睡。

次日早晨起来，窗外阳光灿烂，风把绿树吹得呼啦啦响。我的头疼也被去痛片给制服。一切是那么好。一清早，我和翻译仪方便叫上计程车直奔瓦尔登湖。在美国，接待方式比国内要简单实用得多。所有的行程安排，几点钟去哪里如何住宿，都打印成册，你只需要照册行事便可。而抵达旅馆后，服务台便又会递上一份当地接待人员安排的时间表，非常精细地写明你将什么时候坐什么车到什么路见什么人等。比方波士顿的这一份，便告诉我们：瓦尔登湖的公园管理处将有一个某某女士接待你们并带你们观光，中午 12 点，梭罗协会将有人在公园管理处来接你们。你们去那里吃中饭,但你们得自己准备食物云云。所以我和仪方一早便特地买了便当,随身携带。虽然有些不方便,可心里却莫名地有一种特别的感受。如此的接待方式,使我想起若在国内,无论如何,都将会有一场兴师动众的酒席。

在计程车上,司机对我们去瓦尔登湖表示出不解,说那只是一个很小的湖,没有什么看头。我说那里是不是很幽静,司机说还算幽静吧,不过就在马路边上。这一说令我吓了一跳。无论如何我脑子里的瓦尔登湖是不应该在马路边上的。

公园管理处的管理员是一位女士,她已经在那里等我们了。一切都早已交代清楚,所以我们也不用说明我们的来意。想必这类接待她已经有过数次。一见面握完手,她便带我们去看梭罗的小屋。

小屋就在公园管理处的旁边,紧靠公路,不几秒便呼地驰过一辆汽车。树林很稀疏,也不高大。阳光也就大片大片地洒得满地。一尊梭罗的塑像便立在这斑驳的阳光之下。我不知道别人持有什么样的看法,至少我觉得这尊塑像不那么对得起梭罗。梭罗的塑像不应该这样简单粗糙,就像中国县城里的那些雕塑,丝毫不能引起观者内心的感受。对于小屋置于繁忙的马路边,我亦觉惊讶。管理员忙说,小屋原址并不在这里,而在前面的树木中。只是为了方便人们参观(很多美国人都懒得往里面走),便迁来了这里。梭罗住在瓦尔登湖时,这里并没有公路,公路是后来修的。

如此看来,美国人也难以脱俗,为了旅游(旅游是环境保护的天敌),不惜改变原汤原汁,不惜让自然中的梭罗搬到热闹的尘世中来。全世界的文化都在迁就旅游(说到根底上,是迁就金钱)。旅游改变世界,这大概也是新时代的特色了。

但小屋真的只是一间好小的屋子,完全按梭罗当时的房子仿造。它看上去只有十平方米左右。一个房间。进门右边有一张小床,小床的对面有一扇窗,窗下摆着一张极小的桌子,桌子上有几本梭罗的书以及笔墨之类。大门正对着的是一张椅子和一个砖砌的火炉——正像梭罗书中描述的那样。地窖在房中间,据说梭罗便是将食物储藏在此。所有东西,就是这些。住在这样的屋子里,生活可以说是简到了不能再简单的地步,几乎就是原始状态。而梭罗便是在这样的一间屋子里静静地思考。仿佛是扒下了生活所有的负重,轻装上阵,沿着思想的道路,走入深径。深到了常人难以涉猎的地步,深到了梭罗成为一个孤独的梭罗。守着一个湖泊和一座森林,历经春夏秋冬,去探索去感悟去追究自然社会人。这确是一种纯粹的思考,纯粹得后辈人在读着这些沾满自然气息的文字时,不能不心怀感动。既为思想和文字,也为行动。如此壮举,又有几人能做到呢?

当梭罗在 1845 年那个初春的日子,拿起斧头到树林里砍下第一根木头,盖这幢只有一个房间的小屋时;当他在这年的 7 月 4 日——美国的独立日——住进他亲手建造的简单而朴实的家时,就注定了瓦尔登湖将伴随着一本书、一种人生、一个特立独行的文学家,走向整个世界。

瓦尔登湖和小屋之间隔着一条马路。过往的汽车,相对于美国其他道路来说,不算太多,但相对于中国的乡间道路来说,就是很多的了。穿过马路,似只几步路,便看到了我向往已久的、在脑海里已经推想过无数遍的瓦尔登湖。

正值秋天,湖岸的树叶或红或黄,烂漫一片。倒影映在湖里,湖水也斑斓着。因为有风,也就有一些涟漪,一卷一卷地翻动着,和阳光默契配合,把湖面变得波光粼粼。梭罗说,秋天的瓦尔登湖"是森林的一面十全十美的明镜"。而今天,这面镜子充满动感,仿佛因阳光和风而变得活泼起来。

坦率地说,瓦尔登湖比我脑海中想过一千遍的那个湖要小得多。自然在我的印象中总是很大的,所以我们常称之为大自然。而瓦尔登湖却这么小,小得让我觉得不太容易闻到自然的气息。所幸的是湖四周的树林子很大,一直延伸到哪里,我也不知道。我没有办法穿越这片树林。因为它的大而无边,四周散发着一股没有人烟的清香,苍茫的气息也时而从树缝里传达到鼻尖前。这时候,你才会觉得梭罗确是在自然之中。

梭罗真正的小屋在距湖边几米的一片小空地上。它的背后便是密密的树林。现在这里没有小屋,只有一块纪念牌和一堆石头。据说,其实没有人知道梭罗的小屋究竟在哪里了。这样的结果是可想而知的。因为在空无一人的树林中，毁掉和遗忘一间小得不能再小的房子，是件再容易不过的事。或许一阵大风便能把它吹没，一次风雪便能将它压垮，然后，它便成了猎人的柴火。只是，梭罗在这里沉思默想而写出的作品，却是永远也无法让人遗忘的。终于有一个对梭罗极其入迷的人（我忘了他是美国人还是英国人），他花费了许多年的时间和许多的钱，找到并确定了梭罗小屋的位置。他之所以能确定，是因为他发现了梭罗当年储存食物的小地窖。而这地窖正是在梭罗的房间里——梭罗的书中提到过。于是这里当然便成了人们缅怀梭罗的地方。堆在梭罗旧居旁边的石头，据说都是前来看望梭罗旧居的人带来的，许多人在石头上写着文字，以此表达自己的一份心意。久之，石头就堆得很多了。我探身细看过，真的很多石头上都写着字，有的是人名，也有些是纪念句子。因是洋文，我都看不懂。但我深为这些字感动。

自然总是原始而粗糙的，没有人赋予它精神，它总也只是茫茫而不为人知的自然，虽然它或许漂亮或许令人流连。而瓦尔登湖因为有了梭罗，便有了与寻常自然风景大不相同的意义，就有了它永恒的风景。所以我要说，瓦尔登湖所有的美丽都来自梭罗。

三

按照联络图提示,中午 12 点,我和翻译仪方在公园管理处等候,有一位名为"琼"的教授——仪方为我这样翻译的——来接我们去"梭罗中心"。公园管理处有一个专卖梭罗纪念品的商店,于是在琼教授到来前,我便去商店里购得一套瓦尔登湖的明信片和一张有着梭罗倚门而立的木刻作品。

正当我们购物时,小店进来两个极其壮硕的美国人,穿着汗衫短裤。我和仪方都没有注意他们,以为这不过是附近的伐木工人而已。没料到当我们买完东西,正欲出门时,他们走到我们跟前说,你们哪个是方方? 这时我和仪方才恍然:原来这就是我们的接头人。

一番介绍,我们知道这两个壮硕的美国人,一个便是琼教授,另一个是戴维教授,他是琼的朋友。于是我们乘坐他们的车,颠颠簸簸地穿过树林,来到一幢镶有咖啡色屋檐和窗框的房屋前。这就是现在的"梭罗中心"。

梭罗中心远离公路和市区,它让我感觉这里似乎更像是梭罗曾经住过的地方。它的四周散落着树木花草,风从林中穿过,能闻到一种特别的幽静之气。这样的地方,容易令人心情激荡。

琼教授告诉我说,现在的梭罗中心由两个组织组成:一个是瓦尔登森林活动项目,他们负责买地,保存这片地方——主要指梭罗居住和活动过的地方;另一个是成立于1941年的梭罗协会。琼教授本人正是梭罗协会的理事,这样的理事,全美共有十个。在美国,所有专门研究19世纪美国历史、艺术哲学、政治、经济以及一切与美国有关的问题,都对梭罗的生活和思想感兴趣。中心现在有三个人:一个人负责网络,一个人负责文件,一个人负责活动项目。瓦尔登森林组织的人主要负责筹款。大部分的经费都是私人捐赠。政府的国家艺术基金会也给了150万,修建梭罗图书馆。

我去的时候(1997年秋天),梭罗图书馆正在修建之中。刚盖好的一楼,完全用来作图书资料收藏。这里收集梭罗所有的作品和尽可能找到的相关研究资料。有三个学者,业已把自己收藏的有关梭罗的资料捐赠了出来,其价值约有100万美元。图书馆在1998年春天完工后,便可开始接待来自世界各地的热爱梭罗的学者和朋友。因这里是梭罗生活过的地方,也是梭罗资料最为丰富的地方。

坐在梭罗中心的老房子里,我和仪方首先要做的事,就是拿出自己随身携带的便当吃午饭。这是一幢有着三层楼、结构错综复杂的房子。餐厅里光线明亮,透过宽大的玻璃窗,能看到外面大片大片的绿树繁花。厨房里传来几个大学生的说笑,他们似在洗碗或是做清洁。正值中午,他们也刚吃过饭。琼教授给我们端来咖啡和茶。同中国人的习惯不一样,他们觉得你们自己管自己的午餐是一件最正常不过的事情,虽然你们是来我这里访问。那一刻我想,倘若在国内遇上这种非常情况,主人因无法招待午餐,至少会道歉十遍。两国人的传统导致两国人的思维方式太不一样。

据琼教授介绍说,梭罗中心现在主要做有三个项目:一是演讲,对梭罗研究的作品,进行公布和发表;二是有几个星期,高中老师来了解梭罗的生平及作品情况;三是接待实地研究梭罗生活的学生。现在来的十六个学生是第一批实地研究学生。他们学习和生活都在这幢楼里。他们在这里读梭罗的书,研究他的家庭和为人,讨论东西方哲学的异同(琼教授说梭罗受东方——尤其印度——佛教思想影响。西方人认为人是超自然的,东方人认为人是自然的一部分,梭罗把东方人的观念带给了他们)。然后他们去梭罗去过的所有地方,亲自去感受梭罗曾经感受过的一切(虽然很多东西已经感受不到,但走到这里,想到梭罗曾经来过、走过、生活过,心境就会大不一样)。他们去过瓦尔登湖,也去缅因州,去梭罗蹲过监狱的康科德、去科德角……凡梭罗到过的地方,他们都尽可能地追寻一次。他们在这里用一种体验式的方式认识和理解梭罗。这样的教学在美国也是很少的,带有一种试验的性质。琼教授说,对于一个教授来说,这种教学方式,有一种"美梦成真"的感觉。

现在的美国人喜欢梭罗的很多，尤其一些环保组织，因为他们认为梭罗是最早注意到环境保护的。研究梭罗，一定要谈这方面的问题。琼教授专门同我谈到这一点，他还送给我一幅梭罗与环境保护的招贴画。这张画很是漂亮。

我想，如能在梭罗中心这幢美丽而幽静的房子里细细地品读梭罗的书，然后在或是阳光明媚或是阴云密布或是雨雪霏霏的日子里去寻踪梭罗，那该是件多么令人神往的事啊。我可以沿着瓦尔登湖岸边漫步，聆听鸟儿们一声声啼叫，注视湖水的涨涨落落，观察森林的色彩变幻，最后走到那间只有一个房间的小屋里，去静思去怀想。去想想那个叫梭罗的人，曾经独自在此生活过沉思过劳动过兴奋过痛苦过平静过，并将自己的生命经历和情感过程通过文字变成文学变成思想，自此以后，这片默默的自然便被赋予了新的生命。当它面对世界面对历史的时候，便多出些浪漫多出些深刻，多出些哲学思考多出些艺术气息。这样想过，便有几分激动不安。

如此这般地去读梭罗，既能理性地通过书来读他的思想，又能感性地通过自然来读他的生活，能有多少人享有这样的机会呢？所以我同那帮美国大学生聊天时，我说我真是非常羡慕你们。

四

　　黄昏的时候,我回到酒店。一路都在思索:梭罗 1845 年 7 月 4 日正式住进瓦尔登湖畔他亲手建造的小屋,1847 年 9 月 6 日离开。仅有两年的时间,为我们留下了《瓦尔登湖》这样充满灵性和智慧的书,令无数的我们在读罢书后会想到:原来人还可以有这样的活法。人可以活得这么朴素而简单,也可以活得这样诗意而清醒。

　　一个人的内心空间有多大,真的是我们常人所无法预料——尽管他可能住在世界上最小最小的一个房间里。

恩怨情仇之越南

一 歌声记忆中的越南

对于我们这一代人来说,越南就是我们最熟悉的国家了。关于越南的歌不知道唱过多少。少年时代,我对越南历史的了解,几乎都是来自那些流传的歌曲。

有一首歌特别好听,是我少年时代极喜欢唱的,歌名已经忘记,但旋律还记得。歌词大概是:太阳下山了,那安静的钟声轻轻地响,槟榔树和绿竹影,都斜照在小船上。但是我的家乡呵,法寇把它全烧光,尸骨如山血成河,田园多凄凉……其内容是指法国殖民越南时的状况。

法国于 1885 年殖民越南(看过杜拉斯小说的人都会记得她描绘的湄公河),1945 年在越的法军被日本人解除武装。其间,

32

越南宣布过独立。二战结束后，法国人卷土重来，由此爆发了第一次印度支那战争。越南人在1954年打了著名的奠边府战役，将法国人赶出了越南。但越南却因了这次战争，以北纬17°为分界线，分为了南北两方。北方由我们熟悉的越共领袖胡志明领导。那时候我们都称胡志明为"胡伯伯"。

还有一首歌，也是我们这代人熟悉的，歌词是：眼望着北方的天，北方的天空阳光灿烂。啊，盼呀盼，红日快快照遍全越南。为什么贤良江劈成两半？为什么夫妻姐妹常离散？啊！是美国强盗，撕碎我好江山；是美国强盗，侵占我越南。赶走它消灭它，祖国要统一，亲人要团圆……这是针对越战而唱的歌。

1965年到1975年，美国侵略越南，导致越南战争十年，百姓饱受磨难。及至1975年签订停战协议，美军撤退，也算是败北吧，才告结束。1976年7月，越南南北统一。上世纪70年代，收音机差不多天天都要播放这支歌："越南中国山连山江连江，共临东海，我们友谊像朝阳。共饮一江水，朝相见，晚相望，清晨共听雄鸡高唱。啊，共理想，心相连，胜利的路上红旗飘扬。啊，我们欢呼万岁，胡志明，毛泽东。"很豪迈的一个合唱。

小学时，我在学校火炬艺术团舞蹈队里，跳过一个名为《削尖桩》的舞蹈，说的是越南人将竹子削成尖桩，步下陷阱，美国兵摸过来时，掉进陷阱被尖桩扎死的一个情节。艺术团还有一个名为《全世界无产者联合起来》的大型舞蹈，我在里面被化装成越南人。

要说起来,时代用歌声在我们的人生经历中打上了许多烙印。越南就是相当深刻的那一个。

二 你们怎么看陈英雄

从北京到越南用了近四个小时,抵达河内时已是晚上 7 点多钟。我们住在 HORISON 酒店,似是五星级,但与国内的五星比,还是不如。现在出国,觉得国内的酒店比哪里都豪华,四星酒店比国外一些五星酒店都强许多。到俄罗斯也是这种感觉。只是这家酒店我现在连半点印象都没有,因为只住了一夜,第二天便打起行李走人了。

访问总是从做正经事开始。所以第一天的正经事即是去越南文化新闻部座谈。虽然是一国家部级单位,办公楼却很简朴,比我们的一些县委大楼要简朴得多。

会谈很正式,越南各方领导都到了场。文学的、美术的、摄影的、音乐的、电影的,等等。中越双方的思路真是太相近了。对话几无障碍。我曾经很喜欢越南导演陈英雄的电影。他向我们展示的越南百姓的生活,有风情有韵致有味道,很开眼界。于是我向越南人提了这方面的问题。

估计陈英雄在越南也是敏感人物,对于敏感人物,官方都有自己的招数。第一次提问后，对方王顾左右而言他，没有明确答复。同行的黄蓓佳也是陈英雄电影的爱好者，于是她又提了一次。对方似乎还是语焉不详。我们使馆的文化官员暗中给我递话，鼓动我再问，因为中国也想知道他们到底对陈英雄如何看。于是我又正式提问了一次。问题是两个：第一，陈英雄的电影在越南的市场如何，民间对他的电影有什么看法？第二，对于青年作家，如有官方认为犯忌的作品，是否会限制和查封？

这回越南官员绕不过去了，只好正面回答。他说了几点，大概是：陈英雄的电影在越南属于非主流电影；在民间受欢迎程度不高，因为他的片子在越南只放了两部，看到的人并不多；评价他的电影为时过早，至少要看他七八部片子才能谈；陈英雄长期旅居海外，是外国公司为之投资电影，经济效益如何，不很清楚；陈英雄是一个有着自己独特风格的导演。——我对他们官员的如此回答觉得还算满意。他至少是客观的诚恳的，而且在某种程度上也给予认同。

对于我的第二个问题，他的回答是：青年作家的创作在越南非常自由；作家们揭露社会阴暗面的作品也非常受欢迎；但是受西方思想太深，在某些地方过了线（语焉不详），也会限制。——这就是典型的官方语气了。

最有趣的是越南主持会的领导（似是一副部长），座谈了一会儿，便起身说，对不起，我在什么什么地方还有一个会要开，当场就令我笑倒。会谈结束后与他人说起这事，代表团的人也都笑倒。

中午，越南文化通讯部副部长招待越南餐。我觉得还不错。以前一个人在美国转悠时，不想吃美国饭，又一时找不到中餐馆，就专门跑去越南餐馆吃过一次。那个不好吃啊，跟美国饭也差不了多少。吃时直牢骚，说这哪像是受过中国文化熏陶的菜啊！除了咸味一样，没一点相同。但这回吃罢，感觉还不错，彻底改变我对越南菜的印象。当然，比起中国菜，还差了许多。

三　烙满中国印迹的文庙

在河内我们参观了胡志明故居和文庙。后来在西贡我们还参观了一个胡志明纪念馆，所以关于胡志明的话题，我下次再谈。这次就说文庙。

文庙在河内一条并不僻静的街上。它有五进院落，庭院很大，多少有点出乎我意料。院子里古木参天，绿荫蓊郁。大小建筑的布局，很是疏朗对称，不似一些庙宇，大殿小堂挤得厉害。更兼整个院落古香古色，满是中国气息，令人精神一爽，仿佛到了一个陌生的地方，却遇到自己一个熟悉不过的朋友。

越南的文庙，始建于越南李王朝朝代，大概在公元 1070 年间，是中国的北宋时代。它被导游称为越南最早的大学。1259

年,陈王朝的时候,改国子监为国学院,专门用以培养王公贵族子女以及国中优秀人物。到了黎王朝时,又改国学院为太学堂。它一直是越南的最高学府。这么算下来,说它是世界上最古老的大学之一也不为过。

据说每进一院,都有讲究。进大门,必须下马;进二门,须有好品德好才学(现在是买好票);进三门,通过奎文阁,必须在文学上有杰出成就。

第三庭院最值得一看,那里有越南的进士碑林。碑林建于1484年到1780年间,共82块。这三百年间,越南所有进士的姓名和籍贯均记录在乌龟背所驮的石碑上。

有说越南从李王朝开始,录用官吏的办法,就是让学子们到中国赶考,参加中国的科举考试,考上的回来就做官。越南民间鼓励孩子读书,就会说这样的话:"金榜石碑,于秋永存。"唉,"万般皆下品,唯有读书高",在这一点上,越南人显然中毒不浅。直到现在,越南的学生参加高考之前,还要来这里拜祭一下先贤们。

第四门必须参拜孔子。第四门的圣贤院里供奉着中国的孔子。供奉孔子的大殿也叫正殿。正殿有着与中国古建筑相同的硕大而沉重的屋顶。四个飞翘而起的屋角,化解了这种沉重以及由这种沉重带来的压抑,让整幢房子一下子变得生动和轻盈起来。中国文人曾形容此建筑为"如鸟斯革,如翚斯飞",意思是像翚鸟一样展开翅膀,意欲飞翔。但越南人很自豪地说,这是最富越南特色的建筑。是这样呀！那就这么着吧。咱们不争。

孔子在越南人想象中居然这么胖，让我小讶了一下。我脑子中的孔子是很瘦很瘦的，成天求爹爹告奶奶地东奔西跑，没吃没喝的，怎么胖得起来？据说这尊孔子木雕像是 19 世纪末的作品，而他坐的那张雕花漆椅，却是 15 世纪保留下来的。也不容易。

拜完这里后，导游说现在可以进第五门：国子监。这是越南以往的学堂。国子监里供奉着越南的一代鸿儒朱文安，他是国子监首任"校长"。导游说，这里的教室和宿舍都很齐全。

中国从秦始皇时代开始对越南产生影响，到汉武帝时代征服越南，并将之变为交趾国后，汉文化更是全面而深入地渗透到越南人的骨髓里。正是在汉文化的培育和滋润下，生活在神话里的越南才渐渐变为南部半岛上最开化最文明的民族。历史过去了上千年，越南始终无法摆脱这种文化的烙印。

四　他们把政治当成演出了

到访越南的人多半会去下龙湾逛一趟。这个地方被誉为"海上桂林"。去的人多了，照片也见得多了，所以，身临其境后，并没有引起我更大的惊喜。

或许是因为我在桂林是以徒步的方式看到的漓江风景，那么开阔那么生动那么充满人间气息，移步即换景；而这下龙湾，不过是坐船绕了一圈，风景在眼里只是角度转换，其他都差不太多。这就少了一种过瘾的感觉。

离开下龙湾直奔机场，当晚即到西贡——现在叫胡志明市，一个城市这么个叫法真觉得别扭。想到"西贡"二字，想象的空间会无限，甚至会有诗意，而"胡志明"三字立即将它变成了政治概念。可能我们现在已经脱离了个人崇拜时期，不太习惯这样的称谓。

在路上听导游介绍说，越南长期分成南北两方，现在虽然统一了，但人们内心的界线还不是那么容易消除。南方生活比北方富裕，南方的教育也比北方先进，因而南方人多少有点瞧不起北方人。说这话的导游也明显流露了这种情绪。还有就是，北方以往是越共的天下，长期得到中共的支持，却因为 1979 年那一仗，及至现在仍对中国人抱有成见。而南方过去跟中国人接触比较少，如今反倒对中国人相对友好。

越南经过这些年的改革，据说比较得老百姓人心。百姓对政府的满意度也很高。但我想，越南人因长年打仗，对生活的要求相对也低。只要没有战争，能够安静平和地生活，大概也就满足了。越南的治安状况也不错，据他们自己说越南是世界和谐程度排名靠前的国家之一。

从市面上看，越南人的生活水准还是很不高的，状态有点像中国的上世纪 80 年代初。当然，也有富豪，越南街上的小车比俄罗斯的强百倍。满街小车大多是中国现在流行的中高档车,那种家用便宜的小车倒不是太多。改革初期,暴富的人群哪国都有。

倒是越南满街飞奔的摩托令人恐惧。行进着的和停在路边的,都多得惊人。我这辈子还从来没看过这么多摩托同时在街上奔跑。那声音轰隆隆的,很容易让人产生心惊肉跳感。在西贡,想找一条安静的街路散步,估计难度很大。

不过,越南的政治听说起来倒是十分有趣。政治斗争从来都残酷不过,这是哪种国家哪类体制都躲不过去的事。我一直以为,这种斗争就是"我活你死"的斗争。却不料到越南才知道,还有一种斗争是"我活你也活"的。越南人政治较量过后,胜利的一方往往晚上会去找失败的一方一起出去喝酒。然后通报说,斗争到此为止,大家不必再继续计较。此后,见了面,彼此还称兄道弟。这就有点好玩了。有时候我们看台湾人开会,觉得他们把政治当游戏,打来闹去,很有看头。现在突然发现越南人的更好看,他们把政治当成演出。演完了,回到家,大家一起喝喝酒、唱唱歌,就算完事。真个是"你方唱罢我方登场"的派头,好优雅。

越南人相互间以家人的方式相处。见到领导也不叫"书记""主席"或者"市长"什么的,都是叫"阮哥""陈哥""黎姐"之类。看大门的叫他们的党书记也是这么个叫法。当初他们管胡志明就一直叫"胡伯伯",连带着我们小时候也都是这么个叫法。

五 胡志明纪念馆无关中国

在越南,胡志明的地位至高无上。每一个人,无论南方北方,提到胡志明,眼里都充满无比敬意。年轻人可能对胡志明一点也不了解,但我们这个年龄的人,从那个时代过来,没有不知道胡志明的。因他与中共的关系最密切,是所有中共高层领导的好朋友(我小时候的印象)。

胡志明出生在越南中部,原来叫阮必成。二十岁出头时,他跑到法国一个轮船上当厨师助理,从此离开他的祖国,在海外漂泊并成为一个革命者。参加革命后阮必成改名为阮爱国。1919年,凡尔赛和平会议期间,他代表在法国的越南爱国者,向各国代表递交了一份备忘录,提出了各民族权利的八项要求,并要求法国政府承认越南民族的自由、民主、平等和自决权。1924年,他化名李瑞来到中国,从此跟中国的革命者结下深厚友谊。二战中,他以胡光这个名字在桂林一带活动,之后,又化名胡志明。再后来,他在广西被捕,坐了十三个月的牢,直到二战结束才被放出来。回到越南后,他领导举行了越南的全国总起义,从此成为越南第一号领导人。在他的领导下,越南成为一个独立的国家。胡志明在越南头把交椅上一直坐到他去世为止。

胡志明的中国话说得很好(其父是个汉学家)。越南长年得到中国的支持,我想这跟胡志明与中国领导人的私交深厚有着密切关系。记得我以前为写庐山的书而去那里采访时,庐山上的人指着一幢小楼说,当年胡志明就是在这栋楼里休养。那栋楼还挂着一块匾,上面是胡志明的题字"庐山好"。可见对于胡志明来说,中国不仅是他的大后方,简直就像是他的亲戚家一样。

胡志明在越南没有妻室,也没有子女。有一说法是他终身未婚。但几年前我看过一篇文章,说他当年化名李瑞,曾在广州与一名叫曾雪明的护士结婚。因为革命缘故,两人失散,从此天各一方。直到中国解放,曾雪明在报上见到胡志明照片,才发现此人竟是自己的丈夫李瑞。此后,她通过各种渠道试图联系胡志明,终未成功。胡志明为何不寻找他的妻子,其中原因,无人能知。

我相信这件事的真实性。因为写这篇文章的人是武汉一个著名的书法家,曾雪明是他的姑婆。"文革"中,曾雪明因为这件事被反复调查,后来蔡畅等人出来证明,才没将她怎么样。像胡志明此后未曾再娶一样,曾雪明一生也未再嫁。这个女人守着胡志明的信和照片,孤独地活到八十多岁。唉,怎么想也是个让人肝肠寸断的故事。有时候觉得,女人嫁人一定不要嫁一个把自己事业看得重于一切的男人。因为这样的人,往往太过薄情。或许,他是"人在江湖,身不由己",又或许于大众于他的事业,他喜爱演一则喜剧;但无论怎样,于他身边的这个女子,却由此排演了一出双泪长流并且一直流泪到死的悲剧，就像曾雪明。——又扯远了。

我们在河内参观了胡志明故居，真的是一个极其简朴的小屋。他的对门住着当年我们也熟悉不过的越南领导人范文同。大概范有家有口，有妻子儿女，自己可以苦，但不能让儿女家人苦，所以他的小楼比胡的平房气派多了。

在西贡，我们还参观了"胡志明纪念馆"。纪念馆在西贡河边，里面有许多胡志明的照片和与他相关的实物。年轻时候的胡志明长得很帅，颇像现在国内的那个电影明星陈坤，这让我有点意外。我印象中的胡志明，一直就是那个留着山羊胡子的小老头。

但最意外的还不是这个，而是这里介绍胡志明从生到死的全部革命历程中，什么都有，却只字未提中国对他的帮助。甚至他去世，挂出了世界各国领导人参加丧礼的照片，也没有中国领导人的。而那一年，中国是周恩来总理亲自率领一个层次很高的团队前去吊唁。周恩来总理跟他的私交也是很深的啊。

我们真是替中国感到不公。于是问导游，导游是一小姑娘，当然说不出个所以然。晚上中国驻胡志明市总领事招待吃饭时，我们又提出这一疑问。总领事看来并不知纪念馆里面的情况。中国到底大，对这样的事，似乎也满不在乎。或许，这样的不在乎，也正是大国好摆的风度。

我行我素之印度

写在前面

　　想去印度已经很久了。虽然它就在邻近,却一直没得机会。想起印度就想起西天取经的玄奘。想起四大文明古国。想起菩萨。想起禅宗初祖达摩。想起恒河。想起《流浪者之歌》。想起中印边境的战斗。想起赤脚肚皮舞。想起被刺杀的英迪拉·甘地夫人以及她悲壮的一家。想起流行于中国餐馆的印度甩饼。想起泰戈尔。想起云南的中印油管(我父亲曾经在那里工作过)。想起的还有一个最最重要的人:圣雄甘地——多年前看过一部拍他的电影,被他的为人和主张所震动,于是而崇拜。

　　这些凌乱的印象无论如何拼凑不起一个完整的印度。细想来,印度有着怎样的历史和文化,以及眼下究竟是如何的现状,我竟是十分模糊。抱着一堆凌乱的猜测和认识进入印度。在印度转了一圈,出来时,仍然是一堆零乱的猜测和认识。但是,在这些猜测和认识之中,却让我有了意外的震动,这种震动,甚至改变和动摇了我过去曾经不变的信念和观点。

说这个国家神秘而又令人讶异,真不算过分。

一 进入印度有如进入人的森林

中午,乘 TG681 次航班离开西贡飞赴曼谷。曼谷机场是一个巨大的中转站,亚洲大多国际航班都得在这里转机,然后再继续往前走。到印度如此,到埃及也是如此。

曼谷国际机场庞大而复杂,幸亏我不需动脑子,只需要跟着自己人走就行。但跟着跟着也会出现问题。因为对曼谷机场玻璃外复杂无比的钢结构产生兴趣,我情不自禁站下来拍了几张照片,结果便与大队人马走散。四处找寻不见,只好用手机发短信给同行者,询问他们在哪里。而这时领导们才发现我居然被丢失,于是指明方向。还好,脱离组织不过十几分钟,很快就归队。

再转 TG315 次航班飞往印度。约四个小时后,在当地时间晚上 10 点,抵达新德里。印度是世界上人口数量仅次于中国的国家,但它的面积却比中国小得多。有本书上说,进入印度,就等于进入了人的森林。听起来很吓人,可是一出机场你便能感觉真是名不虚传。密密麻麻到处是人是车,墙根靠的,地上躺的,没事闲逛的,疾步穿行的,混乱而无次序,想避都避不开。

大使馆有人在机场迎接。在杨参赞的率领下,我们一路吆喝着穿越人海,七推八搡间,总算顺利上了车。坐在车上,看到从机场人群中走出几个着一身白袍的印度人:体态优雅,风度翩然,模样很酷,像极了泰戈尔。一望而知是婆罗门人——印度的贵族。泰戈尔也是婆罗门人。对于印度,我们最熟悉的人莫过于泰戈尔。他是我见过的长得最有型的诗人。自从见到他的照片后,觉得诗人最应该长成他这个样子,凸凹有致,鹤发长髯,双眼炯炯发光,诗情诗意全从眼睛里放射出来。可惜,泰戈尔只有一个。

印度这个国家,等级森严得说起来都让人紧张。他们按社会分工把人分为四大种姓,最上等人是负责祭祀的婆罗门人,其次是属于武士阶层的刹帝利人,第三等级的是从商的吠舍人,第四等级的首陀罗便只能从事卑微的工作。在此四种人外,还有一种人是贱民。在印度,贱民是世代相传的,他们只能做最低贱的事情。他们无权受教育。就算走在路上,遇到比他们等级高的人,也得避让。他连你的影子都不能碰着。你若想跟他握手,他也是断断不敢的。贱民的女儿假若想攀高枝改变命运,那是做梦。因为她若找了高等级的人结婚,那个男人只能降为贱民。从这点上看,印度真有点可怕——尤其你不幸出生在贱民家的话。

马克思说"印度人没有历史",大概意思是指印度人基本不用文字记载自己的历史。印度人身上那种对大小事都一副无所谓的架势，那种漫不经心的气质真是了得。现在人们所能查到的资料，大多来自外来侵略者的记录。我们的唐僧西游了一趟印度，也替印度人记录了不少当年，否则印度的这一段历史想必也是空白。唉，说来印度也不幸，这个国家长时期都处于分裂状态，估计它的历史也是不太好写。

缺少历史的印度有无数的神话，这些虚渺的神话跟真实的历史混杂在一起，经常让人恍惚，不知何为神话何为史实。印度叫得出名字的神以成千上万而计，而且那些名字都古怪拗口，没法让人记得住。这些神出没在印度各式各样的宗教仪式和经典读本中，他们的光芒或是阴影笼罩在印度的上空，给予印度人以战胜一切（包括强大的全世界人都抵挡不了的物质欲望）的力量——这种力量比一个巨人身体的力量要大得多。

如果说到神，这话题就太长，不说了。

这天我们到酒店已经是半夜。几乎在酒店的大堂坐了近一个小时，才被安排到房间——印度人的动作慢呀，就像电影里的慢镜头似的。酒店的名字叫"阿育王"。阿育王是古代印度孔雀王朝的一个伟大的国王。我曾经在家里看过一部专门写他的电影《阿育王》，所以住进酒店，心里便有些亲切，觉得好像住到了一个熟人家里。

二 我行我素之印度

出国前已经听说许多关于印度的事。印度在国内的描述中比较可怕。比方,印度流行登革热(所以我们带了一堆熏蚊器、防蚊药水和清凉油)。比方,印度街头的东西绝对不能吃;印度的水也不能喝,就是瓶装的矿泉水,也不见得卫生,必须烧开。印度没有公厕,出门一定要在酒店里解决所有出恭事宜。还有,印度人随地大小便,尤其大便过后揩屁股不用纸,只是用左手一抹,再用水冲冲左手就完事——这一条让我牢牢记住了:跟印度人打交道,绝对不能碰他的左手。

结果因为大家警惕性太高了,吃住都只在大酒店内,行程安排几乎不进老城区,以至传闻中的所有事几乎都没有遇到(这个很遗憾呀,等于没有见到最真实的印度)。所有防蚊的用具没有派上用场。不过,随地撒尿,在印度倒是很容易看见。坐大客车穿行在印度的马路上,我都看到过好几回。有一个段子说,当年印度总理尼赫鲁来中国访问,他硬是不相信中国人不在街上大小便,表示一定要找到一个。结果他跑了许多城市,却真的连一个都没见到。最后上飞机走人了,飞机在机场绕行时,他终于发现一个人站在机场的墙根处撒尿。尼赫鲁高兴地叫了起来:我终于发现了一个! 等他刚叫完,那人转过身,尼赫鲁却看清这个随地撒尿的人，正是印度驻中国的大使。这个段子是我国驻印度的孙玉玺大使请我们吃饭时当笑话讲的，当即让我们笑喷。

虽然这么着笑印度，但印度的文化和印度人对生活的态度却十分令我景仰。印度人喜欢说，我们不靠武力去征服世界，而是靠我们的思想和我们的精神。这话说得真好。印度人性情温和，诸事能忍而不争，这与他们的宗教信仰不无关系。所以，"非暴力"这样的概念，只会由印度人提出。这是我很喜欢的一个提法。印度的圣雄甘地也是我崇拜的人之一。关于甘地，我后面会专门为他写一篇。

印度穷，印度脏，印度乱，差不多全世界去过印度的人都会这么说。但印度人无所谓。印度人从来就我行我素。比方乞讨，在中国已是很丢人了，但在印度，却不过是一种生活方式而已，也没什么人轻视他们。印度的耆那教，常常会有人抛下万贯家财，净身出门行乞，以此加强内心的修炼，他们甚至是印度人非常尊敬的乞丐。

印度人知道，他们的理想与这些外来者完全不同，他们的人生观也与全世界不相同。他们不为现世而活。现世只是他们人生的一个过渡。世界也只是一个虚幻的场景。既如此，脏乱也好，贫穷也好，散漫也好，那又有什么关系？印度人的精神里有他终极一生崇尚和追寻的东西，那就是——来世。他们现在最紧要的就是在这个混乱的过渡中，修炼自己的内心——以一种克己的苦行僧的方式。世俗的物质生活与纯粹的精神追求相比,那是何等的等而下的东西,为印度人所不屑。

正因为印度人有着与全世界人不相同的终极目标,所以他们不为强大的物欲所动摇,不为世人讥讽的目光所动摇。他们始终按自己的生活方式过,按自己的行动轨迹走,按自己的内心需求来面对自己的人生。于是,印度文化呈现出完全不同的风采,那是独属于印度人的风采。

这次的印度之行,我想它对我的人生、对我的世界观会产生一些影响。因为我从印度人身上明白:人生的向往不一定就是富足的生活,清贫也是一种追求;人的目光也不一定非要追随强大者,收回来看看自己的内心,也是一种境界。

泰戈尔临死前,要求人们在他的葬礼上唱诵他自己写的这首诗:

> 自由的付与者,你的饶恕,你的仁慈,
> 在这永远的旅程上将要是无尽的财富。
> 让尘世的牵累消灭吧,
> 让广阔的宇宙把他抱在臂间,
> 让他在他无畏的心中,
> 认识到这伟大的无名作者吧。

三 夕照中的古特伯高塔

到印度一定要去看古特伯高塔。它在新德里南郊 15 公里处,是印度的七大奇迹之一,始建于 1193 年。修建它的人是印度奴隶王朝第一代国王古特伯·艾巴克。

12 世纪,穆斯林土耳其人穆罕默德与当时的印度王朝在这一带打了一场大仗并获得胜利。这个土耳其人大概对印度兴趣不大,就顺手把这里交给手下一个名叫古特伯·艾巴克的将军,然后掉头向西,一直打到里海,在那里建立了一个帝国。

古特伯·艾巴克是个阿富汗人,他先在这里当总督,当了几年觉得不过瘾,就干脆让自己当起了苏丹。要说这家伙胆子也够大,虽说当了将军,但他原本不过是土耳其苏丹的一个奴隶。一个奴隶居然在印度建朝称王,用网语说,这可真有点"尼亚加拉瀑布汗"(意指额头汗水像瀑布一样大)。更有意思的是,因为他的奴隶身份,历史便将印度的这个王朝称为"奴隶王朝"。这也是伊斯兰教首次在印度立足。

古特伯高塔是用来纪念穆斯林战胜最后一个印度王而修建的,所以它又叫"胜利塔",是印度境内第一座有着伊斯兰风格的标志性建筑物。高塔一共五层,用印度特有的赤砂岩为材料,塔身布满古老的阿拉伯文的《古兰经》经文,以及花纹图案,阳光照耀时,通体发红,但不是那种显富贵的红色,而是泛着一层暗红的亚光,沉着庄重而素朴雅致。

不过,奴隶国王在这座胜利塔远未修好时便一命呜呼,后来他的女婿接着修,及至完工,已经是 14 世纪了。

古特伯高塔原高 100 米,最上两层不断被损坏(甚至有飞机撞上去过),后来英国人改用大理石修复,便成了现在这个样子——两部分有着明显的色差。现在的高度只有 75.56 米,塔内有台阶 379 级,直达塔顶。但因出过事故,我们去时,已经不让进入塔内了。

在高塔的一旁,还修建有印度最早的伊斯兰清真寺。伊斯兰进入印度,大概便是由此开始。只是岁月绵邈,风霜无敌,那古老的清真寺至今只剩下一些残柱颓墙。

因为以前从未接触过印度的建筑,以为和中国那些佛塔大同小异,没料到,看过之后大惊失色。比较起来,中国的塔们就太过朴素和简单了。印度的寺庙和塔几乎由雕塑堆砌而成(可惜最精彩的我们没看到,看来还得再去一次印度),密密麻麻、繁复精细得让人觉得印度的石头跟面团一样柔软。这里的清真寺直接搬用了印度教古老建筑的风格,专家们便说它们(包括高塔)是印度教文化和伊斯兰文化相互融合的产物。

在清真寺的中庭里,置放着一根大约有 7 米高的铁柱子。这根铁柱建造于公元 4 世纪。因为制造铁柱的铁的纯度接近百分之百,所以历经千年也未曾生锈,以至人们怀疑它是否为外星文明带来的东西。

其实古老的印度人喜欢柱子。这种柱子,纯纪念性独立地站在那里,并不承担支撑什么的义务,有一点纯形式的意味。我到埃及后,发现埃及人比之印度人喜欢立柱子,更是有过之而无不及。古埃及时就一天到晚在神庙立柱子,以至那些神庙一眼望去,尽是大石柱。想必印度人喜欢柱子也是从那边学来——是波斯人带进印度的吗?

古特伯高塔整个这一大片都给我极深印象和极好感觉。可以说我特别喜欢这里,喜欢这种氛围。我想真正调动起我对印度文化的热情,以及对印度认识的渴望,大概正是从这儿起始。尤其我们去的时候,恰是下午,太阳已快落山,夕照抹在这些废弃的墙垣和古老的高塔上。一想起多少年多少代,太阳都一直这么照耀着它们,然后再落下山去,现在,这样的场景竟然被我亲眼所见,不禁让人感情上蓦地有一种冲动。然后就特别想一味地呆坐在那里,一直看着太阳下山到底。——自己笑自己怎么也"小资"起来了。

可惜没有时间了,我在那里停留得已经够久,待我被人找到,有如押解回到汽车上,方才知道,大家已经等我有半个小时了——惭愧。

四　印度的上海：孟买

我们在印度的第二站是去西印度的孟买。

孟买在印度的地位相当于中国的上海，它濒临大海，是一个豪华的大都市。孟买人常常会自豪地说，你们上海再过几年可以赶上我们孟买吗？等我们跑去一看，忍不住笑了。别说上海，它连长沙、南昌这样的二线城市都不如——至少从城市建设上看。从机场到市中心的路上，贫民窟密密麻麻，一眼望不到边。那些所谓的窟，不过是搭着张又破又脏的塑料布而已，比我们可怜的民工居住的工棚破烂十倍不止。当然印度政府也曾经尝试过强行拆除这些贫民窟，可是意想不到的，他们遭遇了最强烈的反对者，而这些反对者正是住在贫民窟中的人。因为拆了这些地方，他们连这样破烂的住地都没有，所以他们联合起来进行游行示威。当地新闻媒体也一律站在弱者一边，结果政府只有妥协让步。

当然孟买也不是只是贫民窟，它亦有许多漂亮的街道和建筑。毕竟，英国人在印度待得年头长，满街的英式老房子，也给人很异国风情的感觉。

孟买最有名的是海边的印度门。它是为了纪念英王乔治五世夫妇访问印度而建，这是 1911 年的事。这座印度门兀立在海边,沉雄壮丽的样子,很有派头。从白天到晚上,这里总是人挤着人,想拍一张人少的照片,也不是件容易的事。

白天看孟买,哪儿都是问题。走到街上,若有老鼠从你脚边闪过,若不小心踢着睡在地上的乞丐,若有乞丐跟在你身后不停地纠缠要钱,你都不要吃惊。还有比较可笑的印度狗。一条路上经常能遇上好几条随意地伸着四肢熟睡的狗,你的脚就是碰到它的鼻子,它也懒得动一下。所以在车上我们曾经好一番讨论印度的狗,题目是:印度的狗能不能看门。讨论半天,最后的结论为,不是狗能不能看门的问题,而是要不要请人看狗的问题。因为小偷把狗偷走,狗自己还不一定知道。印度的狗在大马路上从容大睡的感觉,还真让人服气。

夜幕降落,灯火亮起,晚间的孟买也还挺好看。有一天我们一起去逛夜市,夜市上最多的也是旅游商品。闲逛中,我与清华的Z教授同大家走散,发了无数短信都没回音,我们只好自己回酒店。孟买的街上有一种马车,而且是那种高头大马、坐在上面很威风八面的马车。它的行驶规则与汽车一样。我们决定过把瘾,坐马车回去。跟马车夫一番交涉,谈定价格,然后上车。驾马车的是两个印度人,不识字,我们住的酒店也算够大,可是他们居然闻所未闻。我们带了地址出门,给他们看,结果不识字,只好领着我们在街上乱逛圈子。坐在高头大马的马车上,前后都夹着汽车,很有昂首阔步之感。最后,问了好几个人,还找了警察,才寻到我们住的酒店。而其实,夜市距我们的酒店并没多远。这一趟逛得真是开心极了。最后下车时,马车夫一定要我们加钱,虽然错误是他们犯的。讨价还价了一下,因为高兴,我还是给加了钱。这一趟行程是 520 卢比,大概相当于 11 美元吧,按我们在酒店换算的比价。

到孟买,大家都会告诉你,要去看看那里的维多利亚火车站,它是 1887 年为纪念英国女王维多利亚即位五十年而建的。这是一座非常宏伟宽大的哥特式建筑,全身布满雕塑,华丽而典雅。因为左右两边太过宽大,很难拍下它整体的面貌。经过一百多年风霜,火车站至今仍在使用之中。

不过,我最喜欢也更愿意向大家推荐的是西印度威尔士亲王博物馆。如果到了孟买,一定得去这个地方,才算不虚此行。这座博物馆因英国王太子威尔士 1905 年访问印度,并亲自为其动土奠基而命名,1921 年开馆。建筑的风格,既哥特,又印度。馆内收藏有印度无数古老的雕塑,以及无数印度精美的工笔画。我特别喜欢那些雕塑作品,一两千年前的作品居然如此精湛瑰丽,充满灵性。

居然还看到一个中国馆,摆放着中国瓷器,数量繁多,也非常漂亮。遗憾的是,那天没能拍照,只偷拍了一张,还被管理员盯住,用印度话训了一顿——听不懂,只当他什么没说。

五 荒野地里的电影之都——宝莱坞

对印度,我们还有一个深刻的记忆,那就是印度电影和电影里唱不完的歌和跳不完的舞。一部《流浪者》真是看了几代人,"阿巴拉古……"想都不用想是什么意思,到了嘴边就能唱。

印度的电影中心就在孟买,像美国有个好莱坞一样,印度有个宝莱坞。印度是世界上电影产量最高的国家,每年生产的电影有九百至一千部之多,真够吓人。他们的电影也分级,是为 U、UA、A、S 四级,有专门的审查机构。与我国不同的是,参与审查电影的人为非政府成员。人选从各行各业中选定,顾及有文化和没有文化的人,以及家庭妇女。最后名单由政府决定。审查内容大约也不外乎色情、暴力、宗教等等。制片人设若对等级审查的结果不满意,可以上诉。所有的电影都是非政府性质,是纯商业行为。印度的政府是小政府,它管不了那么多事,顶多是在等级上指导一下而已。

印度电影绝大部分都能盈利,差别只是利大利小而已。和中国相比,他们的导演压力恐怕要小得多。电影票在 150 卢比左右,相当于人民币约 30 元,看起来比国内的电影票要便宜,但相对于他们的收入,我想这仍然是一个高价——所以我特别怀念当年二毛钱或五毛钱看场电影的时光。当然,印度的电影票价虽高,但观众不少,多半和他们的电视不发达相关。中国人自从家家买了电视机并习惯猫在家里看电视剧之后,自从影碟机普及以及盗版影碟横扫碟店之后,去电影院的人数就以几何级数递减。

到孟买参观印度电影基地宝莱坞是我们的重头节目,人人都对它抱有极大的期待,虽说心知绝对赶不上好莱坞,但它既有这么大名声,想必差得也不会太远,好歹跟中国的横店有得一比吧,是不是?

车到宝莱坞,在大门口交涉了一下,即进。路的两边完全没有建筑,满是野草和树林,给人感觉还不错。到了电影基地办公的地方,吓了一跳,四处是垃圾,杂乱而肮脏,跟我们作协食堂背后专门扔垃圾的地方有点像。

宝莱坞的一个办事员接待了我们,他带我们去拍摄现场——就在旁边。恰有一个剧组正拍电视剧,大喇叭不停地叫着,一个镜头折腾了许久。我们也就看了这个镜头,以为宝莱坞还有地方要去看,结果一问,没了。

宝莱坞就是这样。它所有的财富和看点,就是500英亩荒野地,有树林有湖泊有荒原。剧组要来拍摄,就来租场地,自己搭景;拍完后,拆景走人。就这么简单。

就这?我们听得有点傻眼。眼前的年产近千部电影的宝莱坞,与我们所期待的何止是天渊之别!陪我们前去,并且熟悉印度的孟买领事馆的崔领事倒很从容。他说,这就是印度人的做派。他们就是这样。自己的电影自己搭景,也没必要留着给后面的人。而后面的摄制组,也不需要用你以前的东西。宝莱坞所要做的,就是租给电影剧组一块地皮而已。这就是印度人做事的风格。——可不是,我们怎么能用自己的思维方式来套人家?

仔细想想,印度的电影简单,故事老套,几十年不变,无非谈情说爱,唱歌跳舞,就完。所以布景也简单,不需要张艺谋陈凯歌似的动辄千万元的豪华大景。反正怎么拍电影都卖得了钱,上座率也不太差,租一片荒地拍片子,也就够了。估计把宝莱坞搭建的布景留下来用以变作旅游项目,印度人想都没想过。

出了宝莱坞,大家都忍不住地笑。可以说,宝莱坞是印度给我们的最大一个忽悠。但,这就是宝莱坞——一个一年制作出成百上千部电影,并且投资商还不赔钱的地方。

六 海上的象岛

印度是个古老的国家,但孟买却是个年轻的城市,至少与印度的古老文明相对而言。所以,在孟买想要看印度古代文明的东西,似乎有点难——除非去威尔士亲王博物馆。博物馆里虽然有无数精美的藏品,但那些玻璃柜子却让你找不到半点的现场感。没有现场感的古迹,观者的兴奋多少要打折扣。

这样一来,距孟买 11 公里的象岛就成了必看之地。

象岛是 16 世纪葡萄牙人发现的。他们登陆时,发现一块石头很像大象,所以就把这里叫作了象岛。估计这样的小岛上,真正的大象是一头也没有的。

象岛上遍布印度教的 7 个石窟,大约修建在公元 450—750 年间。印度人活活将山体掏出巨洞,在山洞里建起寺庙。你走到那洞前,有时就会情不自禁地想,古人真是闲得慌,专门找些难做的事情来做。

我们现在能看到的是两个窟。最壮观的是第一窟,窟里的主角是湿婆。

印度有数不清的神,多得记不住。能记住的这个湿婆是他的名字简单,还有就是我们这一路走来,听到的神的故事差不多都是在讲他。虽然称婆,却是个男的,有时也半男半女(我们的菩萨好像也有点男女难分的样子)。象岛第一窟也是岛上最大的石窟,里面几乎全是湿婆的各种造像。石窟大厅用 20 根石柱支撑着巨大的山体,柱子上圆下方,很有劲道,进去完全没有坍塌的恐惧——要知道,上面是整座山呀。据说葡萄牙人到岛上后,发现了这个石窟,因为里面凉快,就拿这里做了室内靶场——这传闻真有点吓人。

湿婆的雕像都刻在洞内天然砂石的壁面上,每一面都很大,像《舞蹈的湿婆》《永恒的湿婆》《持恒河者》《三面湿婆》等。在诸多的塑像中,湿婆常常呈现出非男非女的状态。

这里面最有名的是《三面湿婆》。这个湿婆有三副面孔,右边面孔代表创造,中间面孔代表护持,左边面孔代表毁灭。湿婆集宇宙的护持神、创造神和毁灭神三位一体,据称是印度乃至世界雕刻的杰作,它的名气不低于印度著名的泰姬陵。

还有一组雕刻是我喜欢的,整个画面的布局和姿态看上去很舒服,可惜我没有把它照全——雕塑太大,光线又暗(洞内呀),站远了是黑的,站近了只能拍局部,所以那天拍照拍得很不爽。

石窟里有一个小房间,密室一样,里面供着男性生殖器。印度教自然也是男人为老大。男人为了显示自己有力量有气魄有生命活力能繁衍很多子孙,想不出别的招数,就光会来这手:把自己的生殖器官亮出来,还供着。真真是个毛病。我去看这个"林迦"(印度人管生殖器叫"林迦")时,不知是什么人,刚撒了一泡尿在旁边(自然是男人干的事),很搞笑。

顺便说一嘴,在印度,还有一个叫卡久拉霍的地方,很大一片,好几个庙群,外观都非常漂亮。庙内布满精美无比的雕塑,几乎全部是神在做爱。各种姿势都有,男女生殖器官明目张胆地雕塑在墙上、柱子上,甚至有群交图、人畜相交图等,密密麻麻,满墙满柱,比春宫画更大胆露骨。因为是立体的,所以听说亲临现场观看的人,莫不心惊肉跳。但这次我们的路线与卡久拉霍方向不同,所以没有去成。

整个象岛的面积并不大,绿树森森,猴子尤多。走在路上,它们会蓦地冲下来,抢走你手上的饮料,然后跳上树,咬开盖子,当你的面,得意地喝起来——这一场景,我亲眼见到。

像中国的旅游点一样,整个象岛的路上都是小摊点,摆放着各种旅游纪念品。有些特色,但也没多大意思。我对这些东西兴趣不是太大,所以也没怎么细看。

黄昏之后,象岛就泊在平和的孟买湾里,安详沉静,静得仿佛几无居民。

象岛石窟早在上世纪 80 年代,就已被联合国教科文组织列为世界文化遗产。

七 不放弃自己的东西

很多游客都喜欢拍摄印度的女人,印度女人有一种很特别的美丽,不属于娇艳,也不属于靓丽,那种美丽有点像秋天阳光里一束金黄色的麦穗,散发着温暖和朴素的色泽。可惜我这次出门,数码相机内存太小,一路拍,一路删。原本也拍了不少印度美女,但到埃及后,为了顾及那些壮观的建筑,又都将美女们陆续删掉。唉,换个男人,可能就会宁可不拍金字塔,也要把美女留下。所以,从这点上说,我还是多少有些对不起美女。

与中国人放弃自己民族服装不同的是,大多印度人都喜欢穿自己民族的服装。在欧洲或美国,你觉得那里与中国相比,语言不一样,肤色不一样,但服饰几乎一样,物欲的愿望一样。而在印度,走在街上,你看得到,除去语言和肤色,不同的东西会更多:服装与你是不同的,生活节奏与你是不同的,生活目的与你是不同的,对生活的要求也与你是全然不同的。听说印度的公务员一年有两百多天假期啊。说是一个著名的中国经济学家到印度演讲,开了一句玩笑,说如果你们印度人少过点节,少放点假,就会是世界最强的国家。印度人高兴得拍巴掌拍得手烂。印度人觉得:我印度现在不是世界强国,不是不能,而是不想。——印度人自负吧?我听好多人在形容印度人时,都选用了"自负"这个词。

在印度,没人不知道塔塔集团。这是一个有着一百多年历史的企业。1868 年,一个姓"塔塔"的波斯裔家族在孟买创办了他们的公司。从此以后,"塔塔"的名字无处不在。孟买最有名的泰姬马哈酒店,就是塔塔家族盖的。据说 19 世纪末,已是印度富商的塔塔集团老板跟几个外国朋友去一家酒店吃饭,结果走到门口,门卫却将他拒之门外,因为这家英国酒店只接待欧洲人,不准印度人入内(有点类同中国的"华人与狗不得入内")。如此遭遇,伤透塔塔老板的自尊心。于是,他在孟买海边修建起一座世界级豪华酒店——泰姬马哈酒店。传说酒店建成的最初几年,任何国家的客人都可以进来,唯英国人不准入内(我们听讲这个时,觉得很快意)。

而今,历经百余年的塔塔集团并未年老体衰,而是借助新型产业，比如金融业、电信业和IT业（印度的IT业在世界上是何等著名！）等，使自己成为世界级跨国公司。所以，有人说，塔塔家族在印度差不多当了一百年的首富。对了，这个塔塔家族是拜火教的人。中国人对拜火教应该不陌生。金庸小说《倚天屠龙记》里的小昭就是拜火教的圣女。现在的拜火教信徒大部分都在印度，他们是印度最富有的少数民族，孟买则更是拜火教的中心。——喜欢小昭的人，是不是应该到孟买去瞧瞧？

印度人说，提到塔塔集团，心里就有爱国的感觉，可见塔塔在印度的影响力。在印度的街上，常常跑着许多样式很古董的汽车。我第一次见到成群结队的它们时，很觉惊讶。后来听说，这就是印度最著名的"大使"牌汽车——塔塔集团的汽车厂生产的。据说它是上世纪50年代的产品，仿的是英国"莫里斯"轿车，车型已有五十年没变，开起来哪里都响，就是喇叭不响。还有人说，印度人喜欢买"大使"牌汽车，因为它安全，而它之所以安全是因为它根本跑不快——当然这是人们嘲笑它的话。

为了保护民族工业，印度政府规定除总统和特殊活动外，印度各级官员只准用"大使"牌车，连总理也不能例外。所以，"大使"牌汽车虽然不咋地，但有政府这个最大的买家，它基本上也不愁销路（而且听说因它的古董式外观，近些年在美国也非常受欢迎。啊，这样说来，像是又一个轮回了）。印度的官员自豪地说，我们的"大使"牌汽车最适合我们印度的马路——这话怎么听起来有些搞笑。

印度的"大使"牌轿车虽然跑不快,但印度的司机开车却极生猛,速度快得让人惊心,我们坐在车上被甩得两边晃荡。而且印度的马路上人多车也多,司机却从不减速,两车相错,常常只间隔几厘米,"唰"一下就擦肩而过,看得吓死人。最让我们目瞪口呆的是,那些凶猛地往前跑的汽车(包括的士),许多都没有后视镜,不晓得印度的司机是怎么进行左右判断的。

八　伟大的圣雄甘地

头天出发到北京国际机场候机时,时间还早,就去逛书店。在那里,花了 80 块钱,买了一本关于印度的旅游书。闲等翻书时,蓦然看到圣雄甘地的故居就在孟买。

心一下子就跳得快了起来。甘地是我在这个世界上最尊敬也最崇拜的人之一。他为自己的理想所采取的苦行僧的生活方式,以及他拄着竹棍,光着上身,只着一条白裤行走印度的样子,以及他走到哪里就坐在哪里,自行其是纺线的行为,以及他对素食的坚守,以及他的禁欲决定,以及他的承受、忍耐但决不屈服的意志力,都让我佩服得不行。他克己,他无私,他宽宏,他仁慈……他是少有的、可以用无数最美好最高尚的词汇堆砌起来形容也不觉得够的人。他用完全不同于其他任何一个国家的方式领导着印度的独立运动。记得爱因斯坦似乎说过这样一句话：我们的后代们，很难想象世界上曾经有过这样一个人。

当然，他对这个世界最重要的贡献，是他的非暴力主张。这世界从来都是以暴制恶，以暴制暴。在这个制恶制暴的过程之中，善恶莫变、善恶逆转的事情何其之多。暴力相见时，常常双方都无人道可言，但是从来也没有真正地制下暴来。

甘地力主放弃暴力手段，主张非暴力思想，用文明的力量战胜野蛮的暴力。无论这条路多么难走，无论民众是多么难被这文明驯服，无论对手多么低看这股文明力量，但他都坚定不移地走下去。他一次次号召印度人民，承受、忍耐，但不妥协，他也一次次用绝食来表达自己的决心。他的无私和克己，真是感天动地。

我们的行程中本来没有安排参观甘地故居一项，毕竟甘地已经死去五十八年。眼前越来越暴力的世界或许很难有人记得他这个曾以一己之力对抗整个世界的瘦骨嶙峋的小老头。但我想，既已到孟买，我就一定要去看看我敬仰的这个人曾经生活过的地方，去触一触他的气息，去感一感他的精神。于是我向领导提出这一请求。料想不到，团里人也都想要去参观那里，领事馆的人亦表示支持。这令我大为快意。看来时间虽然过去如此之久，一个真正伟大的人却是会永远被大家记在心里的。

甘地出生在西印度一个古老的家族，十三岁遵父母之命，与两个兄长一道，同日结婚（也为了省钱吧）。印度有童婚传统，甘地也没能逃出这一命运,倒是有点让我意外。十九岁,甘地在有了儿子的情况下去英国留学。为了这个留学,他向母亲发誓:不食荤,不酗酒。虽然母亲同意他远行,但他的古老家族却没有同意,结果他被开除了种姓——印度的贱民才会没有种姓。在英国留学期间,他恪守誓言,坚持吃素。开始是为了守信,后来却是自觉。因为他接触了素食社团,认识到食素并不仅仅是饮食方式,很快他将自己的信用变成了自己的信仰。

留学回国,他成为一个律师,被派到南非处理官司。在南非期间,一件突然发生的事情,改变了他的一生:他因为是有色人种,在南非火车的一等车厢里,被南非白人无理地扔下了火车,虽然他有车票,而且是律师身份。从此以后,他开始为反对种族歧视而斗争,为印度人在南非的不平等待遇而奔走呼号。

从南非回来,甘地成为印度人心目中的英雄。而此时的甘地,脱掉西装,穿上与印度穷人一样的服装,采用印度历史上苦行僧的方式,在印度最贫穷的地方行走。他认为只有穿得像穷人一样,才能真正了解他们,才能真正为他们表达。

甘地是印度教信徒。印度教跟佛教有很多不同,但最根本的一条就是:不杀生。将其延引到政治运动中,便是不用暴力,对所有事端,都期望用平和并且忍让的方式来解决。当时印度尚处于英国的殖民统治之下,印度人是大英帝国的子民。甘地在领导印度民族独立运动中,在自己的宗教信仰基础上,对印度的独立运动提出"非暴力不合作"的主张,即不采取暴力,但也不与英国人合作。不合作的内容包括很多,如不要殖民政府公职,不参与殖民政府的事务,不接受英式教育,不穿英国人的衣服,不在英国银行存钱,等等。为了促进印度的民族纺织业,甘地身体力行,亲自纺纱。他几乎走到哪里都带着他的纺织机,以自己亲力亲为的方式引导印度人自力更生。

英国人用盐来控制印度,垄断盐的生产。甘地号召人民用海水自己制盐。他采用的方式是:亲自步行到海边,用海水煮盐。业已六十岁的甘地住在印度北部,他领着人整整走了二十四天,硬是走到了海边。这是甘地一生中最大的一次壮举。结果因为这个缘故,他被英国人抓走。电影《甘地传》(获奥斯卡大奖影片啊,拍得好极了,建议没看过的人一定找来看看)中最感人至深的片段,就是这里。我每看一次都热泪盈眶。在甘地被抓走后,英国人来到盐场。盐场的工人们听从甘地的话,打不还手,但也决不退让。面对荷枪持棍的英国雇佣军,他们五个五个地走到这些军人面前,结果全被棍棒打倒在地。旁边的女人们冲上来将受伤者抬走;然后另外五个又走上前,再被打伤,女人们再抬走他们。就这样,一批批前赴后继,不动手,也不退让。真是惊心动魄。这样的力量,真的比动手反抗更震撼人心。

甘地一生,多次坐牢,多次绝食。他引导着印度人民走上自由独立之路并获得胜利。他被称为"印度三十年来的向导和哲学

68

家",是"印度自由的灯塔"。不仅印度人对他佩服得五体投地，就连他的对手英国人也是既怕他，又非常敬重他。一个人做到这一步，也真是了不得。

1948年1月30日，甘地结束了他的一次绝食行动后，身体尚未康复，便去为教派纷争进行调解，结果被一极端分子开枪暗杀身亡。他的死，不仅印度震惊，全世界都一起震惊；不仅印度悲痛，全世界都一起悲痛。

我想甘地的相信非暴力能够制暴，是因为他相信人内心的力量能够战胜一切。据说甘地每周都有一天的时间不说话，用写字的方法与人交流。他以此沉默来保持内心的平静。因为，在他的观点中，自己内心的不宁，比这个尘世的喧嚣更加糟糕。

甘地不是政府高官，为大局决断事务；不是富商，为社会提供财富；不是将军，为国家建立功勋；也不是艺术家，不是作家，不是名记者，不是教授，他只是一个有着自己主张的苦行僧老头，但全世界都为他折服。他以一己的精神人格，以一己的内心力量，以一己的宽容忍受，以一己的坚定不屈，以一己信任的真理与爱，让整个人类动心动容。

九　新德里的胡马庸墓

今天要说的是印度莫卧尔王朝时期的胡马庸墓。从孟买回

69

到新德里，我们第一个要去的地方就是那里。

印度这个国家，历史上长期处在分裂状态之中。专家们说，它分裂和统一的时间比例大概是7：3。也就是说，在几千年的历史中，印度有70%的时间是分裂着的。跟中国比，它实在是倒霉得多。

印度历史上有过著名的三大王朝，一个是孔雀王朝，一个是笈多王朝，再一个就是莫卧尔王朝。孔雀王朝建立于公元前317年前后，笃信佛教的阿育王是孔雀王朝最著名的国王，这也是一个在印度家喻户晓的名字（我们住的酒店就叫"阿育王酒店"）。笈多王朝是公元320年前后建立的，专家们认为，这是印度的一个空前繁盛的王朝。印度教在这个王朝中进入全盛期，也是中世纪印度文明的全盛期。这一王朝在印度的历史地位，相当于唐朝在中国历史上的地位。第三个王朝便是莫卧尔王朝。这个王朝是蒙古人建立的。时间已经是16世纪了，相当于中国的明末清初吧。莫卧尔王朝信奉的是伊斯兰教。印度境内现留存的许多漂亮建筑，大多是这一时期的产品。说起来，印度的宗教的确复杂，一个王朝一个教。印度的文化所呈现出来的姿态，也因此而丰富多彩。

我们后面的参观，几乎都与莫卧尔王朝有关。

莫卧尔王朝第二代国王叫胡马庸。这是一个运气比较差的人。他的父亲巴布尔是莫卧尔王朝的开山鼻祖，他的儿子阿克巴大帝是莫卧尔王朝最伟大的国王。他夹在两个巨星中间,就算承前启后,有所作为,光芒也仍然黯淡。更何况他在位时间不长,作为也不大,人还风流好色(印度人大概因为这个不喜欢他),就是死,也不是太雅——从楼梯上跌了一跤,摔死了。所以,历史上很少提到这个不幸的人。

但是印度的建筑却是在胡马庸时代形成风格和特色的,最具代表性的便是胡马庸的陵墓。胡马庸也因了自己的这座墓,让世界上许多对印度历史完全无知的人知道了他的存在。

胡马庸在其父死后即位,结果在位期间,被人篡夺王权,胡马庸逃到波斯避难。之后,篡位者去世,国内乱成一团,胡马庸便倚仗波斯军队,卷土重来,恢复建立他的莫卧尔帝国。显然,避难波斯期间,他受伊斯兰文化影响深刻。他的时代,尤其建筑,无处不打上伊斯兰风格的烙印。

胡马庸死于1555年。他的陵墓是在他死后十年,由他妻子出面,才得以建成。陵墓的建筑材料选用的是印度最常见的赤砂岩,之中镶以白色大理石,色彩对比鲜艳而典雅。而洋葱头的圆顶、拱形门、有着镂空花的窗等等,所有的建筑符号和装饰图案,都向我们散发出伊斯兰文化的气息。

据说,"四"在莫卧尔王朝中,代表神圣与和平。所以整个陵墓呈四方形,四条通道,通向外围。每条通道上都有水渠和水池,就像是一个巨大的十字,那十字的中心,放着陵墓的主体建筑。

棺材置于陵内正中，里面很黑，我什么也没看清，倒是看到墓顶的平台上，摆放着许多小棺，它们都被石头镶住，呈现在露天里，被风吹雨打，也怪可怜。

陵墓本身也是四方形的，只是削去四个小角而已。陵上有四座小圆塔，整个建筑中间开门，左右对称，显得十分均衡。给我的感觉是伊斯兰建筑风格仿佛将这种对称和均衡强化得十分厉害。

整个胡马庸陵墓，如一个大园林。园林内四伏着一些小小的陵墓，也不知是什么人的。那些小陵墓比胡马庸陵墓所散发出的死亡气息要浓烈得多。

胡马庸陵墓我是说不出更多的内容来了，只知道它是印度伊斯兰建筑的杰作之一，1993年被列入世界文化遗产名单。

那天我们到胡马庸陵墓时，太阳已经快下山了。待看完胡马庸陵墓出来，我被旁边一个小陵园的氛围吸引，于是只身走了进去。我很喜欢这里的感觉，见时间尚早，于是独自在此流连。园子里的一角，站着三个印度青年，我从心里觉得印度人很善良，所以，这清冷之地，虽然只有我一个外国人在此，但我从他们三人面前走上园子的短墙时，居然没有一点害怕。我沿着这个短墙，慢慢地看，慢慢地走，并不觉得那几个印度青年在盘算什么。

我本欲围着短墙走一圈，但走到半截，有人在门口喊了我一声，说是大家都上车了，快走吧。我不敢耽误大家时间，于是只能半途下墙。从墙上半道下来，必须穿过一个洞。洞虽然不大，但有些黑。令我万没料到的是,我一脚刚出洞口,一个印度人突然堵到了我的面前。他顺手抓了我一把,我大喝一声:你要干什么(中国话)！说话间我人已出洞,他便退了一步。而这时,尾随我身后的另一个印度人从洞里出来。想来他们是准备两头包抄,堵我于洞中的,但速度慢了,他们到达时,我已经出了洞口(唉,印度人办事就是慢,连抢劫都要慢半拍)。这时恰有同行的人进陵园拍照,我与他高声打招呼,几个印度人便止住了脚。出门时,遇到一个警察,他拎着一根棍子,对我们说,你们放心去拍照,有我在,不用害怕。我们什么也没对他说,可见这地方平常是有点神出鬼没的。

胡马庸陵墓遇到的这件事,也算我这次旅途中最惊心的一件事,虽然只有几秒钟的时间。

十　绝代风华泰姬陵

今天要写的是泰姬陵。这是所有到印度的人必去的一个地方。

泰姬陵是有故事的。这故事跟爱情有关,跟帝王有关。其实也就是一个有点凄恻但绝对豪华的帝王爱情故事。上一篇写到莫卧尔王朝第二代皇帝胡马庸的陵墓,这篇的主人公便是胡马庸的重孙亦即莫卧尔王朝第五代皇帝沙贾汗。

沙贾汗登基为王之后,后宫自然也有佳丽三千。佳丽免不了有人遇冷,有人受宠。遇冷的就不说了,因为太多,就说受宠的,人少好说点。有一个小女子,自波斯来,名叫阿姬曼·芭奴,长得好看是肯定的——混到王宫的,都好看。她必是另有高明手段,使得自己特别为沙贾汗宠爱,就跟唐明皇独宠杨贵妃似的。沙贾汗因为宠她而封她为泰姬·玛哈尔,听说这个意思是"宫廷的皇冠"。

这个泰姬比杨贵妃强得不止一点,入宫十几年,她一口气给沙贾汗生了十四个孩子,肚子几乎没闲过——杨贵妃看傻了吧?结果在生第十五个孩子时(正在随军途中),泰姬难产而死。像唐明皇的悲伤一样深重,沙贾汗伤心得一夜头发全白——唉,皇帝一多情,就让人平添好感。

比杨贵妃更强的是泰姬留下一个让自己流芳百世的遗言。她对沙贾汗说,你要给我修一个世人从来没有见过的墓。因为泰姬知道,这个多情皇帝沙贾汗对建筑有着特别的热爱。聪明吧?杨贵妃死的时候光知道哭,要不是白居易主动给她写了首诗,这世上又有几个人知道她?

既可满足爱妃的遗愿,又可满足自己的喜好,沙贾汗何乐而不为?他在泰姬去世的当年即开始了陵园的修建,墓址就选择在皇城阿格拉附近,紧挨着亚穆纳河。

世人都说他的曾祖父胡马庸的陵墓修得伟大漂亮,于是他以那座墓为蓝本,在此基础上进行创新。他需要的是比那座墓更伟大漂亮的建筑。他放弃了用印度本土的赤砂岩,而选用了他最喜欢的全白的大理石。整个陵墓都用这白得透亮的大理石修建。沙贾汗所在的皇城阿格拉附近没有这样的石材,于是全部石材都从中亚甚至更远的地方运来。在没有火车的时代,是成群结队的大象背着那些沉重的大理石走进工地——那场面何其壮观。

在耗费了无数的人工、无数的财富、无数的珠宝以及二十二年的时间之后,这个世上最漂亮的陵墓终于出现在人们面前。它在一个美丽的正方形花园的尽头。见到它的人,无不击节赞叹,无不激动叫好。这是公元1653年。那时候的杨贵妃已被她老公下令自缢而死了八百九十七年,一曲《长恨歌》也已唱了八百四十七年。比起人家,咱们惨死在马嵬坡的杨贵妃想想都觉得可怜。

沙贾汗却意犹未尽,他还计划用黑色大理石再为自己修一座与泰姬陵一模一样的陵墓。墓址就选在亚穆纳河的另一岸,与泰姬陵遥遥相对。然后用白银修一座桥,将黑白两座陵墓连接起来。如果这一计划得以实现,那印度的旅游就更不得了啦!

可惜他的儿子奥朗则布并没有给他这个机会。奥朗则布篡夺了沙贾汗的王位(不知道这个儿子是不是泰姬生的),将沙贾汗囚禁了起来。据说这个多情的沙贾汗只提了一个要求,就是把他囚禁在可以看得到泰姬陵的地方。奥朗则布满足了他这个要求(也可能本来就准备囚他在那里)。于是,沙贾汗便被送进了阿格拉的红堡内——透过那里的窗口,可以看到泰姬陵。

沙贾汗就在他被囚的地方,通过窗口,看了八年他老婆的陵墓。估计实在看不下去了,就抑郁而亡——也真是强人!他居然看着老婆的墓能撑八个年头!换个没意志的家伙,哪里熬得到八年?

最后,那个抢班夺权的儿子奥朗则布也没什么好果子吃,莫卧尔王朝到他那里就基本上完蛋。史书上说莫卧尔王朝只经历了六代皇帝,奥朗则布就是最后一代。他囚禁了自己的爹,也结束了自家的王朝。

泰姬陵被称为世界七大奇迹之一。我去看它之前,心里真是充满期待。但去的那天运气不太好,先是从新德里到阿格拉路上走了五小时,起早摸黑已经累得够呛,再加上遇到重要人物参观,暂时关闭不对外,把人又是一番折腾。待到下午开放时,结果上午和下午的人全都拥挤在一起,以至人山人海。再好的地方,人一堆集起来,就没有心情去细看。所以,当看见进陵墓必须排巨长的队伍时,我就断然放弃进去,甚至没有走近它,只是围着陵墓转了个圈,只当是到著名景点来报了一个到而已。

十一　阿格拉的红堡

这是印度的最后一篇了。这篇我要写的是阿格拉红堡,就是囚禁那个修了泰姬陵的皇帝沙贾汗的地方。

印度有两个红堡，一个是德里的红堡，另一个就是阿格拉的红堡。因为泰姬的老公沙贾汗皇帝被篡权的儿子奥朗则布皇帝囚禁在红堡八年，又因为沙贾汗是一个对老婆情深意长的家伙，所以，人们一谈红堡就光谈这事而忘了其他（可见情色之事总是人们最津津乐道的），尤其对那个修建红堡的阿克巴大帝提也不提，真是让人替他老人家不平。所以，在这里，我得把阿克巴好好介绍一下。

莫卧尔王朝的开国皇帝巴布尔是蒙古人后裔，据说他英勇善战，文武兼备，以1.2万人的兵力，打败印度苏丹王国10万大军，从而建立了他的莫卧尔王朝。他把皇城建立在阿格拉。巴布尔喜欢文学艺术，爱写诗也爱写书，对园林尤其钟爱。建国后，他喜欢到处修建花园。他的子孙后代都继承了他这一基因，几乎个个都喜欢文化艺术，所以莫卧尔王朝虽然只经历六代皇帝，却给印度留下了无数珍贵的艺术品。

胡马庸是第二代皇帝。阿克巴大帝是胡马庸的儿子，他是莫卧尔王朝第三代君王，也是莫卧尔王朝最伟大的皇帝（虽然这个王朝只有六个皇帝）。阿克巴十四岁登基，人极聪明，属于少年英雄一类。比之他伟大的祖父巴布尔有过之而无不及。莫卧尔王朝在他的领导下，征服四邻，建立了幅员辽阔的印度，经济文化也都达到鼎盛。

阿克巴是在父亲胡马庸流亡波斯期间长大的,他没有受到良好的教育,不识字,是个地道的文盲。但阿克巴却知道文化的意义,他靠听人阅读来增长自己的知识,甚至用这种阅读方式来研究深奥的学问。由此他成为一个深懂文学艺术之妙的文盲。印度教著名的史诗《摩诃婆罗多》的翻译就是他亲自主持的。在阿克巴的时代,作家、艺术家、建筑师在社会上都具有很高的地位。而印度的文学、艺术、建筑、音乐也在这个时代得到极大的繁荣和创造。

书上说,阿克巴自己是个穆斯林,但他对其他宗教却采取宽容的态度。他的这种宗教宽容在历史上非常著名。他娶了三十个老婆(白娶了,还不如他孙子只独宠一个来得出名),她们中各种教派的都有。他还有一个宗教讨论庭,当时印度的五大教派伊斯兰教、印度教、耆那教、基督教和拜火教的信徒们经常在一起讨论。关于人生、关于来世、关于解脱、关于永恒等等,都是他们的话题,这种场面想想也够气派也够温暖的。不知阿克巴之后的时代或是阿克巴以外的世界,还有没有出现过这样的场景。

阿格拉的红堡是阿克巴在 1565 年修建的,方圆大概 1.5 公里。它既是宫殿,又是城堡。享受生活和防御敌人都不耽误。所以,它的外形非常壮观,而内里又非常奢华。城墙依然采用印度特有的赤砂岩为材料,这种赤砂岩质地较软,尤宜雕刻。阳光下的城堡呈现暗红颜色,庄重而醒目。于是,世人称它为红堡。

阿克巴大帝喜欢印度的赤砂岩,所以他的时代修建的城门城墙都是选用这种材料。风格豪迈大气,粗犷狂野,很像他的气质。但他的皇孙沙贾汗当朝时,却偏爱白色的大理石。所以,在沙贾汗时代的红堡里,到处修建白色大理石的建筑,这些建筑的墙壁和廊柱上或镂花或浮雕或配以彩色花纹,几乎无处不加装饰。这种有点小家子气的洁净婉约以及细腻柔美,倒也跟这个多情的皇帝很配。

阿格拉红堡是印度伊斯兰建筑艺术的顶峰之作。它历经四代王朝,一代王朝一种风格。里面原有 500 多座建筑,只是年代远去,现存的宫殿已剩不多。纵是如此,阿克巴和沙贾汗两代王朝两种风情的建筑,却依然泾渭分明。红砂与白石,粗犷与细腻,厚重与轻巧,实用与装饰,那么一目了然地展示着两个帝王不同的性格、不同的气质、不同的喜好,就仿佛连他们不同的人生结局,都在这些建筑中隐约地潜伏着些许暗示。

沙贾汗皇帝后来便在此被囚禁八年。每天他都从窗口眺望他老婆的陵墓,然后暗自神伤,悄然落泪。这个既重情意(女人赞)又没出息(男人骂)的皇帝最后带着他的无限怀念,死在这里。

沙贾汗死后,他儿子也懒得再给他另造陵墓,直接就把他的棺材抬到了泰姬陵。现在的沙贾汗,就睡在他老婆的墓中——怎么着都有点像倒插门。这样的故事结局,沙贾汗在大肆修建泰姬陵时,估计也没有料到。

红堡里宫殿层出,四处迷径,道路很是复杂。记得我从接见大厅像钻一个狗洞一样跨进一个小门,上了几步台阶之后,突然就别有洞天。视野里只见一个庭院套着一个庭院,一座宫殿叠着一座宫殿,一瞬间,竟有看傻眼的感觉。其建筑非红即白,不知是否可以按颜色来分朝代。有几幢建筑,完全雕梁画栋,极是繁复华丽。我因数码相机的电池用完,竟有许多处地方没有拍摄,真是悔断了肠子。

城墙下即是亚穆纳河,是和泰姬陵共临的一条河。想到这个多情的皇帝日日隔河相望的情景,免不了心下恻然。因为城墙高大,站在那里,极目远眺,天高地广,感觉也非常之好。

这次在印度的旅行,我们主要观看的是莫卧尔王朝的东西,却没能有机会去看看孔雀王朝和笈多王朝的内容。那些佛教遗迹和印度教富丽繁复的塔群,似乎更让我心仪,更让我向往。

而最大的遗憾还不在此。在新德里时,我非常想去老德里去逛逛街,去街边随意地坐坐,看看当地人的歌舞表演以及串串老街和瞧瞧民居,甚至还想去找找印度甩饼——我们常吃这种饼,但很多人告诉我,说印度根本就没有这样的甩饼。可惜,因我们的团太官方化,大使馆担心我们的安全,故而行程安排中没有这些项目,结果哪里都没有去。为了购物,去了趟专门针对游客的市场,转了一大圈,什么也没有买。

离开印度的路上,我一直想,无论如何,我都将再去一趟或是两趟印度。唉,这个古老的有韵味有情致的国家,其实是很难看够的。

　　印度的旅行,到此就结束了。

高山仰止之埃及

一　终于要去埃及了

　　印度的最后一晚,还是住在阿育王酒店。通知说凌晨 4 点起床出发,在那个钟点,能把眼睛睁开都不是件容易的事。我们团里很有一些强人,早上让他们多睡一会儿他们会难过。我每天掐着点去吃饭时,他们基本上都已经吃完,有的甚至出门散步了。我真是服呀服呀服呀地再三服气。4 点对他们来说,是件相当轻松的事,可是轮到我头上,却相当地难。睡得正好时,被酒店的电话叫醒,心烦意乱地又挨了十分钟才决定起来。睁开眼睛对自己说,不是埃及谁睁眼? 下床时对自己说,不是埃及谁下床? 洗漱时对自己说,不是埃及谁洗漱? 最后出门时还对自己说,不是埃及谁出门? ——外面的天黑得厉害,别说是懒惰的印度,就是勤快的中国,这个时候也是见不到人的。

结果赶到机场,飞机晚点。在机场等呀等,等得自己快跟印度人一样的不紧不慢,于是上飞机了。因为要在巴林转机,在飞机上被通知说,飞机到巴林机场后,距我们飞开罗的航班时间不足半小时,大家必须提前做好准备,抢先下机,快步前进,以免误机。这真是一场紧张的奔波。下了飞机,差不多是连奔带跑,上趟厕所的时间都没有,一直跑到检票口,验完票才算松了一口气。团里有人说,我们是用实际行动"跑步冲出亚洲"——真是高人之说呀!本想好好在巴林机场转一转的,结果一点机会都没有,只是在快步穿越候机厅时,豪华的韵味夹着香水的气息一起扑面而来,这时觉得又找到了现代社会的感觉。——在印度的日子,现代生活的确像是在很远的地方。

到埃及时,已是下午。从机场出来的一路,非常漂亮,让你觉得埃及人的艺术感非常好。沿路的墙和壁画,既古朴又典雅。但是进了城,这种感觉渐渐消退。开罗的房子真是呆板得可以,尤其是普通民居,不晓得怎么就可以难看成那样——建筑师都上哪儿去了?四处都是灰黄昏暗的感觉,让你无法想象古埃及人洪水一样汹涌的艺术创造力都流失到了何处。街上也很脏,果皮垃圾随处可见,对它的表扬只能说:嗯,比印度要干净一点。幸亏我们前来观看的,不是现在的埃及,而是法老时代的埃及。古埃及不会让任何一个想看它的人失望,这是一定的。

住进了开罗的金字塔酒店。先给我们安排在刚刚装修好的房间里,到处抹着红漆,装修气味很浓,几近呛人。大使馆文化处的徐参赞一看,说这样重的气味怎么能住?立即要求调换房间。于是又全体换房。新换的房间吓了我一跳,一个大厅不说,还加一个小厅,拐几个弯进几个门才能找到床。这样结构的酒店房间,我还是头一回住。卫生间不在卧室内,跟小厅套在一起。我胆子有点小,睡觉时,锁上大门,又锁上小厅的门,再锁上卧室的门,方敢放心入睡。为保证夜起如厕不致紧张,便把小厅的灯开了通宵。好在埃及有尼罗河,电多得用不完——大家都这么说。

　　第二天就去看金字塔。著名的三大金字塔在开罗附近的吉萨高地。这也是我们在图片上经常见到的那三座。它们离城市之近,真让我意外,开车似乎只十几分钟就到了。更意外的是无边无际的沙漠,就这样摊开在城市的边缘,这么辽阔,又这么近距离。看着它,你在发傻的同时,也会有万分的激动撞击于心:就是在这如此茫茫的沙漠上,古埃及人竟然能建造出这样伟大的建筑,实在是太、太、太不可思议。

　　唉,到了埃及才知道,虽然都是大江大河,但长江跟尼罗河完全不一样。离开长江两岸,驱车几百里,还是绿野无边,但是尼罗河却没这样的气派。绿洲紧贴着河流两边,很窄的细长条,像两条绿河,随中间的蓝色水流摆动。离开河水不多远,便是沙漠。河两岸的沙漠,遥遥相对,彼此可以看得清清楚楚。直到下游开罗附近,尼罗河才像一面扇子一样,分出许多支流,将那里变成富裕的三角洲。将尼罗河缩小了看,它的样子像一片银杏叶子,只是这片叶子是蓝色的。

来到了尼罗河,站在沙漠上,看沙漠的辽阔和河流的狭窄,才会真正懂得,原来尼罗河对于埃及,真比黄金更加珍贵。

二 完美的吉萨高地金字塔

上过学的人都知道这世界上有四大文明古国:古埃及、古巴比伦、古印度、古中国。文明古国四个字不会白白送给你,它得有硬指标。比方你是否有大型建筑,你是否有文字,你是否有高级的生产工具,你是否有城市。哪怕你只有其中一样,你差不多也就算是个文明古国了。

四个文明古国中,最古老的就是埃及。我们经常自豪地说,中华五千年文明史,可人家埃及人说,我们埃及七千年文明史。听这话,真是惊一身汗。面对比咱们老了两千年的埃及,不管想说什么话,暂时都先咽回去好了。

古埃及,也就是我们说的法老时代的埃及,被历史学家划分为五大王朝:早期王朝、古王朝、中王朝、新王朝和末王朝,总共历经三十一个朝代。公元前3100年之前,埃及分为上埃及和下埃及。上埃及国王的王冠上是鹰,下埃及国王的王冠上是蛇。唉,但凡文明古国,神话故事都发达得不行,供奉的神也多如牛毛。印度如此,埃及也是如此。光听那些神的名字,脑子都不够使,所以也就不细说它们。公元前3100年,戴鹰冠的国王拉美斯击败戴蛇冠的国王,统一了埃及,由此进入法老时代的早王朝时期。埃及的金字塔(其实也就是法老的坟墓),便是属于这一时期的产物。金字塔这名字真是译得好听,把一个陵墓当有的阴森和瘴气叫得一点都没有了。相信埃及话不是这么说的。据说现存埃及的金字塔约有98座。不过,不是专业人员,谁也不可能看全。

一般游客(如我们),看到的都是吉萨高地的这三座金字塔。睡在这里面的是胡夫家族的三代法老,属于早期王朝的第四王朝时代,此王朝在公元前2620年。这时候中国最古老的夏王朝的戏还没有开锣,直到五百年后那些著名的华夏帝王才开始登上历史舞台。

埃及日照充足,雨水甚少,埃及人每天看着太阳东升西落,一天一轮,所以他们相信人也会有这样东生西死的轮回。正因如此,但凡与生命相关的建筑,他们放在尼罗河的东岸,与死亡相关的建筑,他们放在尼罗河的西岸。——有点意思吧?我喜欢古埃及人这样的思路。

古埃及的法老认为自己是太阳神之子(古巴比伦人认为自己是"月亮的后裔",古代中国的皇帝说自己是"天子"。国家一古老,老板的口气就比较大),而死亡只不过是人的灵魂暂时离开肉体,像太阳沉下去还会升起来一样,灵魂也会回来。所以,他们在人死之后,为了不让尸体腐烂,将之制成木乃伊,将心肝肠肺之类都放在旁边的罐子里,每个罐都有专门的守护神保护着。因为还要回来,所以,就得为他建筑宏大的陵墓,以期王者的灵魂凯旋。

其实最早的金字塔只不过是一个平台,后来发展成阶梯形状的。如果到孟菲斯(据说这里是上埃及和下埃及的分割点)就能看到那座著名的阶梯金字塔。行程中原本有这项安排,可惜,团里大多人更想去市场购物,领导们商议后,便依了大多人的意思,放弃了这一去处。这一决定,真是让我痛心疾首。

历经阶梯金字塔的时候,到了胡夫这一代法老时,金字塔才变成我们熟知的这样的锥体。它越发巨大而高耸,拔地冲天,仰望它的尖顶时,你或许真的相信,通过它,能与天上的太阳神沟通和交流。

胡夫金字塔是诸多金字塔中体量最大的。它高 137 米,据说在埃菲尔铁塔建成前,它是世界上最高的建筑物,且占地 5 公顷多。往它跟前一站,很是震慑人心。但保存最好的,却是旁边他儿子哈夫拉的那座塔,其外层没有完全被时间和风沙剥蚀,从塔尖部我们能看到原来的样子(胡夫塔以前也是这样的外壳)。

著名的人面狮身像便是趴在哈夫拉金字塔前,它是那里的守护神。据说希腊人走到这里,看到它惊呼道:斯芬克斯!因它像极了希腊神话里的怪兽斯芬克斯。此后,人们就喜欢称它为“斯芬克斯"。而实际上,这狮子的人面像正是哈夫拉国王的脸。听说本来下巴处还有胡子,但被英国人或是法国人弄走了,埃及人正设法将它讨回来。

除此之外,哈夫拉金字塔前还有一座神庙。法老的尸体便是从神庙里的一条窄路运送到金字塔里去的。通过这条路,可以最近地看到狮身人面像。导游王小龙(一个特别有趣的埃及人)告诉我们说,这条路叫"死亡之路",他见我们大家都在犹豫要不要走这条路,便又说,你们还得从这条路走回来,回来时,这条路又叫"复活之路"。于是大家松下一口气,于是人人都来历经一次"死亡",又历经一次"复活",来回地走了一趟。

更远一点的金字塔是胡夫孙子的,自然它的年代更晚一点,体量也更小一点,我们也没有走近它观看,就不说了。

埃及最完美的金字塔便是吉萨高地的这三座,它们也象征着吉萨的这三个法老至高无上的权力。自此之后,埃及帝王的陵墓便渐渐变小,却将神庙越修越大,大到同样让人惊骇的地步。这个内容,留待后续。

三　让人震撼的埃及博物馆

离开金字塔,我们直奔埃及博物馆。我是一个喜欢逛博物馆的人。因为我喜欢看原物,喜欢感觉原物上古老而久远的气息。

它仿佛可以让你触及与那些文物相关的、曾经也是活色生香的生活。再者，这种地方也最让人长见识。你看过它们之后，再阅读相关的书籍，那些文字就不再是单纯的文字，图片也不是与你无关的图片，一切都会变得非常感性起来，仿佛是与你自己的经历撞在了一起。

而埃及博物馆则是全世界最应该去的一个博物馆。它里面的藏品之丰富之古老之让人震撼之让人惊叹，至少是可用"之最"二字。如果时间充裕，最好在里面待上一整天，那才可以让你看个爽。

我们去的那天正是开斋节。整整一个月的斋月，穆斯林们天一亮就不能吃喝，再饿也得等到太阳下山后才可进食，也真是蛮辛苦。埃及人大多是穆斯林，所以开斋节在埃及是个大节日，接连三天餐馆都很满。博物馆也不例外，好容易开斋了，工作人员都急着提前下班回家庆贺。这样一来，我们参观的时间就十分有限。

为了能有更多的时间看博物馆，我们连中饭都没吃（也像过斋月一样），离开吉萨大金字塔，直奔博物馆。就是这样赶忙，时间也仍然不够。不足三小时的时间，每个展厅都像打仗行军一样匆忙，而且还不能都看到。

导游王小龙学识渊博，但他说中国话的语速太慢，一件文物前，要站很久。他当然不可能带领我们看到全馆，只能挑一些重要的地方观看（就是语速快也不能看到全部）。这一点令我很不甘心。所以，我索性脱离大部队，自己加速，尽可能地将馆内除了旅游者必看的内容都收录眼中外，还要将旅游团一般不去的地方也都看到。其间的精彩，简直无法用语言来描绘。每一个馆都足可以让你目瞪口呆。对古埃及人的想象能力和创造能力，唯有叹服。

埃及存在了几千年一直是静悄悄的。它的突然被发现并引起全世界人的"发烧"，却是源于拿破仑的远征。1798年的春天，拿破仑率领军队和战舰去征服埃及。有意思的是这老兄出发时，居然还带着一大批法国科学院的科学家（包括天文学家、数学家、化学家、矿物学家等）和艺术家（画家、诗人、作家都有）。法国人的思路就是跟人不一样，这批跟战争毫不相干的人，居然都愿意跟着拿破仑出征，加起来，有两三百人。他们这一去不打紧，硬是给这个世界增添了无限的辉煌。

抵达埃及后，那些文人学者看到埃及地面上所呈现出的一切，都傻掉了。他们在欧洲何曾见过这等气势的场景。拿破仑自然是要去打仗的。据说拿破仑站在狮身人面像前，指着金字塔大声说："士兵们，四千年的历史正蔑视着你们！"在拿破仑如此煽情的喊声中，他的追随者们不禁热血沸腾。他们一刻也不休息，立即行动起来。

士兵们全都去浴血奋战，文人学者也迅速从呆傻中清醒，晓得这真不是好玩的事,天下最伟大的时刻,叫自己给撞上了,全人类也没几人有他们这样幸运,于是,也不出手帮拿破仑打埃及人,纷然忙着绘图、测量、调查、清点以及搜罗他们在埃及地面上能找到的东西。

有个贵族艺术家被埃及文化迷住,从头到尾都在画画,走哪儿画哪儿,把他所看到的一切都画在纸上。他带回去无数精致的画稿,成为后来的考古学家极其宝贵的资料。随行的另一人(有说是文人,有说是军人),在尼罗河口一个叫罗赛塔的地方,发现一块刻有三种不同文字的黑色石碑。他把石碑带回了法国。这就是史上最著名的罗赛塔碑,它就像开启一扇神秘大门的钥匙。一个叫商博良的法国天才语言学家,花了二十年时间,破译出石碑上的文字,并以此为引线,阅读出古埃及无处不在的格外美丽的象形文字。从此,古埃及的历史和生活向全世界打开了大门。

当全世界历史学家、考古学家以及一些精明的商人都在为埃及疯狂时,埃及人却懵懂未醒。他们看着各国的来人将埃及土地上的东西车载船运地搬回他们的国家,仿佛满不在乎,也不知是不是他们觉得自己国家这些古旧玩意儿太多了。

直到1858年,也就是拿破仑远征埃及六十年后,一个叫玛里埃特的法国人(他曾是罗浮宫古代文物部分的负责人)对这种掠夺实在看不下去了,于是他拼命说服人们,推选自己出任埃及考古的负责人。他成功了。为了保护埃及文物,他甚至向埃及总督施加压力，最后，他得以创办了一个埃及国家博物馆。这也是整个中东地区第一家博物馆，落成时间是1863年，是现在的埃及国家博物馆的前身。大量的埃及文物因玛里埃特而得到保护。这时候，你才会感到一个人的力量有多大。

我们参观的是新馆，于1901年建成。1902年，10万多件埃及文物从旧馆迁移至此。说是新馆，却也有一百零四年的历史。唉，在埃及，一百多年简直不算什么时间。新馆建成时，法国人玛里埃特已经去世。埃及人为了纪念他，在博物馆前为他立了一座铜像，他的尸骨就埋葬在这座铜像之下。全人类都应该好好纪念这个伟大的人。

这个博物馆实在太大，好几层楼，迷宫一样，里面存放有埃及四千年的文物，丰富至极，壮观至极，精美至极，神奇至极。每一层楼、每一个馆都极有看头，东西多得你无法逐一品味。巨大的石雕，无数的石棺，精美的塑像，华丽的壁画，国王王后，神话人物，飞鸟走兽，以及各种器具，都是以让人震撼的面貌呈现。像这样的博物馆，去十次都是不够的，因为你总有漏看的内容，而你漏看的也一定是珍贵无比的东西。

1922年，一个叫霍华德·卡特的英国考古学家在卢克索（到埃及必须去的地方一个是开罗，另一个就是这儿）的帝王谷中，发现了埃及法老图坦卡蒙墓。这个发现曾经震惊世界。因为在此前，埃及几乎所有的法老坟墓都被盗墓贼盗空，而这个墓却从未被发现过。

结果从中发掘出来的东西,几乎全是黄金玉器,其奢华和富丽程度,以及其艺术制作水准所达到的高度,令每一个看到它的人都叹为观止。据说就是这座墓,入口处有咒语,大意是死神奥西里斯的使者亚奴比斯,将会用死亡的翅膀接触侵扰幼王安眠的人。又有传说那些挖掘者会看到黄金,但是他们也会遇到死亡。结果这座墓的发掘者们在几年内大半都意外死去。法老的咒语也因此在全世界流传,并且越传越邪乎。

我无法在此一一列举。其中博物馆内图坦卡蒙的王座最为著名,那把金色的椅子,用"空前绝后"四个字形容,一点都不过分。可惜博物馆内不准拍照,无法与他人分享我所享受过的眼福。用文字再怎么写,也是写不完的。还是不说了吧。有兴趣的人,最好找机会亲眼去瞧瞧,看实物与看图片的感觉是全然不同的。

四 安宁所需的代价

我们是带着行李出门的,因为当晚就要坐火车去阿斯旺。吃过饭(也不知道是中饭还是晚饭了,差不多是下午 4 点左右吧),我们在大使馆的文化中心休息了一阵子,然后便去火车站。我们去得很早,使馆的小刘告诉我们,埃及的火车来去都很自由,有时早,有时晚,准头比较差——这一点跟印度比较像。火车来晚了,还好办,无非等等;但若它提前来了,而我们尚未抵达车站,那就惨了。毫无疑问,它也会提前启动,而不会考虑乘客是否上车。不过,我们去的那天火车晚点,我们在车站等了许久许久。

埃及的火车比俄罗斯的火车强得太多了(前阵子去俄罗斯坐火车太令人恐怖)。软卧车厢,两人一间,上下铺。白天是沙发,睡觉时,会有乘务员过来将下铺的靠垫变成床。室内有洗漱处,但无厕所。门锁也非常安全。上车即有饭吃。服务像飞机上一样。房间内还可以为手机或电脑充电。有一点麻雀虽小,五脏俱全的味道。

早上醒来,天已大亮。火车沿着尼罗河奔驰。坐在火车上,喝着茶,隔窗观看尼罗河两岸的庄园和房屋,有一种既自由又愉悦的心情。画面一掠一掠而过,像是站在机场的书店快速地翻阅一本画册:不看说明,只看图片。

阿斯旺终于以它的热情(真热呀那里!)拥抱了我们。在阿斯旺,我们因夜宿游船,而上船时间是在下午,所以整个早上,我们都带着行李在阿斯旺观光。

阿斯旺是埃及的南部重镇。从地图上看,埃及的西边和南边国境线笔直得没一点弯曲。直成这样,恐怕是以前的殖民者们在地图上用笔抵着米尺画出来的(猜测呀),不然怎么会有这么直的边境?

比之开罗的灰黄黯淡，阿斯旺则处处碧绿明亮，清爽而干净，空气也没有那么多的粉尘，毕竟是有大水库、大湖泊的地方。

闻知阿斯旺，很多人都是因为那座著名的阿斯旺大坝。我自然更是，因我父亲是做三峡大坝的工程师，所以我对阿斯旺大坝这几个字自小就听得耳朵起茧。

阿斯旺大坝修建在埃及尼罗河的上游，是世界最著名的大坝之一。它始建于 1960 年，完工于 1970 年。坝高达 100 多米。阿斯旺大坝将泛滥了几千年的尼罗河洪水掌控在埃及人手中，使得河水两岸的埃及人从此摆脱水患的侵害，有了自己安居乐业的家园。

但这份安宁也必须附有代价。

阿斯旺大坝横江而立，将尼罗河分成两截，仿佛在这条河流上插了一把双刃剑：一边是自卫，一边是伤害。尼罗河的洪水虽然泛滥了几千年，但它同样具有两面性。一方面年年暴怒而泛滥的洪水（尼罗河的洪水很凶猛呀！），令两岸的百姓常常流离失所，无家可归，造成无穷尽的灾难；但另外一面，却正是因了它的泛滥，给尼罗河两岸带去肥沃富饶的土地，并以此养育埃及。埃及人正是倚仗着这份肥沃和富饶，生生不息，劳动创造，为此才有了埃及几千年辉煌的文明史，也才有了人类最激动最伟大最回味无穷的往事。阿斯旺大坝虽然斩断了洪水的魔掌，但同时，也渐次将富饶消解，以致它将面临严峻的问题：没有洪水泛滥的尼罗河岸,土地质量严重退化,动植物日趋减少。焉知某年某月,这份退化是否会将几千年的富饶变为贫瘠?

这个推测有点可怕。

人与自然的斗争,从肉搏开始,到眼下的高科技,年年岁岁无穷尽。早先我们以为人类是当然的大赢家,可现在看来,谁笑到最后,还真没个谱。唉,想想人类也是为难,许多事情,做也不是,不做也不是;做也人骂,不做也人骂,也真是无可奈何得很。莫如就这样,打三下摸一下,纠缠不清地慢慢地跟自然一道消磨彼此的时光吧。

五 纳塞尔湖上的菲莱岛

在阿斯旺,纳塞尔湖上的菲莱岛不可不去。

正是在菲莱岛上,我第一次看到古埃及人的神庙。虽然以前也偶然看过一两张图片,却因对古埃及知识的匮乏,根本就没往脑子里过。现在蓦然站在神庙前,那种壮观,那种又古又老的气息,以及来自自己的陌生感,立即让我有点发傻。

要说菲莱岛神庙,就得先说说女神伊西斯。伊西斯是埃及最受尊崇的女神之一,传说她的丈夫被篡位者谋杀,并且被肢解尸体,分散埋在了埃及各地后,伊西斯于悲痛欲绝中发誓要找到她的丈夫。在神灵的启示下,她一点一点地寻回丈夫的遗骨,并将它们重新拼在一起。当她对着尸体放声痛哭时,奇迹出现了——她的丈夫在她的泪水中复活。

这故事真是美丽。难怪埃及人喜欢这个伊西斯。这样的女人,谁又会不崇敬和爱戴呢?菲莱岛上的这座神庙,就是专为伊西斯而建。据说古埃及人每年都要来此祭拜他们的女神。

但是,我们现在看到的这座岛,并非原汁原味的菲莱岛,最初的神庙也不是在这个岛上。这岛原本叫阿基吉亚岛。1902年,阿斯旺修建第一座水坝时,真正的菲莱岛被水淹了一半,神庙相当部分也被淹在水里。六十年后,再建高坝,意味着整个菲莱岛都会沉入水下,神庙自然也在劫难逃。

就在这时,联合国教科文组织伸出了援手。在他们的支持下,考古人员将神庙拆卸下来,每一砖每一石都做上记号,然后把它们运到永远也不会淹没的阿基吉亚岛上,再按照神庙原有的尺寸一一组合复原,复原得和以往一模一样,甚至散落在神庙旁边的残片,也完全照搬。从此以后,阿基吉亚岛结束了它的使命,摇身变为菲莱岛。据说整个搬迁和复原的费用花了3亿美元。值呀,这是人类共同的文明,钱花在这儿比用来做别的要值得多,更何况它在一年年的开放中,还能赚回来。

埃及神庙的伟大意义和壮观而好看的程度,绝不亚于众所周知的金字塔。以我个人的喜爱,我甚至觉得它比金字塔更有看头(它的花招毕竟多一些呀!)。

古埃及几千年的历史，细说它很复杂，什么王朝前期、古王朝、中王朝、新王朝，很废脑子记。如果想简单，就只消记住古埃及人在新王朝前喜欢修陵墓，新王朝后，就把全副精力用来修神庙了。菲莱岛的神庙，大约也是公元前1000年前后建造的吧。只是，无论陵墓还是神庙，都来自一种宗教信仰，都是超越物质的精神产物。

我理解的神庙，就是给神住的地方。神庙的组成通常为三个部分：一是牌坊，二是柱厅——柱厅似乎最是展示古埃及艺术水平的地方，三是圣殿——圣殿内存放神像呀圣船呀神器呀……最精华的部分是厅柱。这些柱厅的柱子没有任何的支撑意义，纯粹是一种纪念形式。每个神庙都有这样的柱厅，而且柱厅仿佛是古埃及人最喜欢秀自己才华的地方。看神庙的石头柱子，是参观神庙最重要的内容。偶然间我想过，古埃及人是否用这柱子的影像来判断时间呢？

神庙石柱的柱头也常常花样讲究，有棕榈柱头、纸莎草花柱头、莲花柱头，等等。菲莱岛柱厅的柱头是用女神做的柱头，这是我最喜欢的一种式样。

菲莱岛上的神庙旁边还有个敞顶的小阁，古朴而又优雅，格外让人喜欢。无论远望近看，它的姿态都十分美丽。小阁的柱头选用的是埃及特有的纸莎草花，敞顶的小阁仿佛直接与天相通，所以也有人称它为"凉亭"。

纸莎草也算是埃及国粹。它是一种水中植物,盛产于埃及北方即下埃及,是下埃及人信奉的国花(上埃及人信奉莲花,所以纸莎草花和莲花无处不在)。古埃及人用纸莎草做成莎草纸,并在上面写字绘画,古埃及大量的文献就是靠了它,才得以保存,现在它几成埃及一绝。每一个来到埃及的人,离开前都会买上几张纸草画。现行的纸草画以埃及神话故事为主,色泽艳丽明亮,却又充满古老气息,非常漂亮。可惜的是,阿斯旺水坝建成后,没有了洪水的滋养,纸莎草渐渐绝迹,埃及人后来又专门培植。

到菲莱岛必须坐小船,时间不到半小时。行船在清澈的纳塞尔湖上,眺望古老的神庙,自在和惬意中,也会有万千感受涌上心头。

六　在尼罗河上的植物园里消闲

在阿斯旺上游船后,我们将在船上度过四夜三天,然后在卢克索下船。其实路途并没有这么远,主要是一路走一路参观,然后等待。尼罗河不准夜航,所以夜里都是泊在河边睡觉。好在我们已经累了许多天,在这条美丽的河上漂多少天我都没意见。

我们的船叫"尼罗河日出号"。埃及的旅游开始得很早,这是一条十分成熟的旅游路线,在尼罗河上,这样的船多得不得了。晚间泊在码头上时,一艘靠着一艘,黑压压一大片。我们每次上船,几乎都是从别的船上穿舱而过,才能回到自己船上。到了夜里,你是绝对不能拉开窗帘的,因为你的窗子跟另一条船的窗子间距可能不足一米。

船顶是公共活动区域,它一分为二,一边是游泳池和晒太阳的地盘,另一边则摆放着茶几和椅子,供人看书喝茶聊天。每天下午 5 点,有免费的咖啡和点心。河上的太阳其实也是火辣辣的,气温也很高。团里有些人真让我服气,他们居然可以在这样的阳光和高温下,穿着泳裤,躺在游泳池边晒太阳,并且从中午 1 点一直晒到下午 5 点,把全身晒得像牛肉一样暗红。

黄昏时,阳光弱了,河上有风,四周格外宁静,两岸的绿洲和绿洲外的沙漠都尽在眼底。坐在船顶看天色由明及暗,看太阳快速地落到沙漠里,心情会因此而变得敏感而复杂。

上船的第一天,没有开航。因为其他旅游团一大清早出门,去一个叫阿布辛贝的旅游点参观。据说这地方非常壮观,有四尊极高大的塑像,非常值得一看。它们修建在沙漠里,路程较远,因此旅游团必须凌晨 4 点出发。沙漠中常有劫匪出没,不久前一帮劫匪用机枪扫射旅游团队。为了安全,所有船只的旅游车队全部集中一起,在持枪军人的前后保护下行进。大使馆因担心我们的安全,把我们的这个项目取消了。我非常想去那里瞧瞧,试图说服领队,让自己加入到别的旅游团里,但没能成功。没办法,集体出门,服从指挥为第一。

这一天便无事。于是,导游王小龙带我们去尼罗河中心的一个小岛。这小岛叫基奇纳岛,是尼罗河上最著名的植物园。在埃及望不尽的沙漠黄中,有这样一处满是花草的植物园,也让人耳目一新。

1928年,一个英国青年去苏丹,路过这里,看到了这个小岛。这个青年十分喜欢这处环境,于是把它买了下来(估计那时候一个荒岛也不贵)。他在这里填土,种树,后来便将它变成了一个植物园。及至今天,它已是埃及的国家植物园,有着来自世界很多国家的树木,说是有300多种,花亦有30多种。园里的环境雅致而休闲。在这里漫步或是闲逛,你会觉得这是真正的休息。

我们是坐风帆船去的小岛。风帆船自身没有动力,完全是在风的推动下,以“之”字形轨迹行进。这样的风帆船在尼罗河上已经行驶了几个世纪。坐着这样古老的船,行驶在尼罗河上,真是不亦快哉。

在埃及,南方人比北方人的皮肤要黑很多,有些几近黑人(隔壁就是苏丹嘛!)。自从罗马人结束古埃及的历史后,埃及几经外族侵略,改朝换代,两千年下来,人种都被改变,真正的纯种的古埃及人已经绝迹。唯有南部的努比亚人据说是仅存的一支古埃及少数民族,还留存着古埃及人的味道。

埃及人对游客非常热情,常常热情洋溢地要为你做这做那。但这种热情也不是免费的,一旦做完,他便会伸手追着你要钱,或是要礼物。你若给他,他就会很高兴;你若是不给,他讪讪地做出一副无所谓的样子,并不强要。最有趣的是在小摊上买东西,一件衣服他可以报价到 500 埃磅,在你不买的情况下,他会主动降价,一直降到 5 埃磅。你买了他的东西,他会十分诚恳地说,我为你降了价,你能不能送给我一个礼物? 每次遇到这样的事,我们都笑。如果身上有风油精或清凉油,就送给他们。在埃及,这两样东西特别受欢迎。——扯远了,还是回到小岛上来吧。

小岛的面积大约有 80 亩。站在小岛上,看到的沙漠就像是在隔壁,太近了。因为这么近,就觉得尼罗河上有这样的一个小岛真不容易。守着无边无际的沙漠和源远流长的尼罗河,它像是鸿篇和巨著对峙下的一则小品,小得出奇,但精巧雅致。

这天是我们出门后真正休息的一天。岛上除了植物花草和一家咖啡厅,再没别的什么。于是我们就坐在岛上的咖啡厅聊天晒太阳,看远处的风景,等着风帆船来接我们回家。

那几天我们的家,就是"尼罗河日出号"。

七　库姆温布神庙和伊德富神庙

船在下午起航,抵达第一站库姆温布时已是晚上。其实此处距阿斯旺并不算远,但是走走停停的船使得游客们在心理上感觉已然走远。

吃过晚餐后,大家就坐在船顶上闲聊。河上有很多过往的游船,每艘船都灯火通明,在晚上显得十分醒目。有人通知,说马上到库姆温布了,在这里要下船参观,于是大家纷纷回到房间,船顶上突然就空无一人。我想船靠码头根本也不是一下子的事,所以依然留在船顶上。在空旷无人的船顶上吹着凉风,看暗夜中的尼罗河,心情是何等惬意。便是这时,突然就看到了库姆温布神庙,仿佛是在无边无际的黑暗中看到一座辉煌的宫殿,那种璀璨很让人激动。

库姆温布神庙矗立在尼罗河岸边一块高地上,说起来也是公元前200年左右的建筑,在河上就能看到神庙伟岸的姿态。历经两千多年风霜,这座神庙已被破坏得相当厉害。这种颓败,也使它很具沧桑。只是我们的参观是在夜晚,神庙里四处布着灯光。在灯光烘托下,颓坏的石头被镶上一层暖暖的金色,这色彩将沧桑化解成了一种诗意。

导游王小龙告诉我们,库姆温布神庙供奉的是双神,一为鹰,二为鳄鱼,所以这座神庙开着两座门(有说它其实是两座神庙连成了一体,到底如何,我也没弄清楚)。这是它与其他神庙最大的不同。另有一处也值得一提,就是紧挨神庙的一口大水井,水井的底与尼罗河相通。古埃及人是通过井中的水位高低来判断尼罗河的水位。

据说库姆温布之所以显得破败,其实它本来就是一处没有完工的神庙。至于为什么没有完工，现在大概没人能说清楚。

让我觉得很有意思的是，这座神庙的壁画有许多与外科手术有关的内容。外科医生的工具比如牙医器具呀骨头锯呀什么的都有，甚至还有女人生孩子的示意图。虽然这些壁画的线条非常简单，几笔画就，却也清清楚楚。可是太黑，墙又比较高，拍不下来。只就着灯光拍下另一块，这幅类似献礼的画似乎好多地方都能见到，很漂亮。

踏着夜色，回到船上，船只泊在水边，这个夜晚便是在库姆温布的灯光下入眠。游船是清晨什么时候起航的，我完全不知道。只是一觉醒来，已经到了伊德富。船外的阳光分外明亮。

我们去伊德富神庙坐的是马车。这也是埃及旅游很经典很传统的项目。在晨光中，坐着马车沿着城市的小路奔驰，那种感觉也蛮奇特。

到伊德富也是看神庙。前面说过，古埃及人由太阳东升西落周而复始而联想到人的生命轮回，所以，他们把陵墓修在尼罗河的西岸，而把神庙修在东岸。早先他们是无节制地修建陵墓，从地面到地下，风气一兴便是千年，及至公元前 1500 年左右，修墓转入了尾声，取而代之的是修庙。

我相信此时的埃及已经是这个世界上非常强大而且非常富饶的国家了。物质生活的丰富令埃及人对精神的需求也更高更复杂。所以，他们出手的建筑不再是只图雄伟壮阔的外观形式，也有了对人的精神进行诱导和呼唤的内容,宗教信仰也有了新的提升。我想神庙的兴起大约就是源于此因。

同样如此,修建神庙之风一经兴起,蔓延时间也几乎长达千年。唉,在埃及,最谈不得的是时间,百年光阴,简直算不了什么。曾经船停在一个小镇上的时候,我们见离开船时间尚早,便上岸去玩。路过一个骆驼店,信口一问,竟也是四百多年的历史。如此古老的建筑,荒废在那里,理都没人理的状态,真能把只有两三百年历史的美国人气死。

伊德富是公元前237年开始建造,据说工程拖拉了很久很久,久达两个世纪。它是埃及保存最完好的神庙,在规模上仅次于埃及最大的位于卢克索的卡纳克阿蒙神庙。伊德富供奉的是鹰神霍鲁斯。

在我看来,神庙最引人注目的就是它的柱厅,而柱厅也仿佛是每一座神庙最突出的展示之处。柱厅的出现,使得沉着素朴的神庙变得华丽斑斓,艳光四射。而柱与柱之间的通道,以及落在柱子之间晃动的光线,还有石柱无比高大的体量,都给前来神庙朝拜的人们一种精神压抑和一种莫名的神秘。这种压抑和神秘,更加张扬了宗教在人内心的力量,也更加升华了宗教在人内心的地位。

伊德富到处都是窄小的通道,很容易迷路。这些通道通向许多小房间,每个房间都雕满壁画。在环绕神庙的高墙和神庙之间,有回廊。无论是高墙还是庙墙,密密麻麻,到处都是浮雕壁画,到处都是象形文字,到处都是神话符号。有人说,如果你顺着墙将壁画从头到尾看一遍,如果你看后还能破解其中的内容,你就等于把埃及的神话通读了一遍。

任时光流逝,岁月磨砺,埃及的建筑依然充满魅力。这个世界上,没有什么比它们更能与时间持久抗衡。它们简直就像时间一样永恒。

八 卢克索的帝王谷

去埃及旅行,都会听到这句话:没到过卢克索,等于没有到过埃及。我在这里要对大家说,这句话是真的。卢克索值得一看的精彩的东西太多了。如果你有时间,在这里住上一周,慢慢地欣赏,那最理想不过。

卢克索在埃及的中部,它的古名是底比斯,曾经是古埃及中王国和新王国时代(公元前 2040 年至前 1085 年)的都城。城里城外,古埃及人修建了多少神庙、宫殿和陵墓,真是无法数清。当这个世界的人们尚在蛮荒岁月筚路蓝缕、披荆斩棘时,古埃及人却已在这里享受繁华。四千年过去了,当年盛景早已不在,但残留给我们的废墟依然是那样的壮丽辉煌。每一个现代人,站在卢克索的面前,都会倍感震惊。

唉，一想起卢克索，就容易激动，还有说不出的遗憾。因为我们在卢克索这样重要的地方只安排了一天的时间，整个古城还没看清楚，就走人了。这是我此行最最不甘心的事。不过细想想，能去就是运气。所以，我还是按照原定的旅行路线，一处一处道来吧。

我们首先去的地方是尼罗河西岸的帝王谷。

底比斯时代的法老们已不再像他们的先辈那样建造宏大壮观的金字塔了。他们把建在地面上的陵墓转到地下，实在是有不得已的苦衷：盗墓贼太厉害了，地面上几乎所有的金字塔都被盗墓贼光顾过，包括最伟大的胡夫塔，墓内所有陪葬的金银珠宝被洗劫一空。法老们都是指望着转世的，如果自己转世的场地遭到破坏，又怎么能指望转世得以顺利？

当然，思想观念的变化也是重要原因。因为金字塔再高，也高不过自然界的山峰，既然自然界已为众法老堆砌了现成的金字塔（山峰），既然这些峰顶距离太阳更近，又何不以它为陵？——这个思路倒是蛮不错的。

主意一定，法老们便开始寻找适合自己的地方。它必须隐蔽，必须有好的优质的地下条件，大概还存有风水好不好这一类的问题。总之，找来找去就找到了距尼罗河只有七公里，却寸草不生，荒凉得不像在地球上的这个山谷。

这个山谷肃杀荒芜得几近残酷。岩石嶙峋，山形狰狞。不长一树,不生一草,也没有一点水源。如果不是因有陵墓而辟为旅游点,这地方实在容易让人胆战心惊。也就是在这个小小的山谷中,前前后后共有64座法老的陵墓。

一般说来,法老一登基,他的陵墓就开始在祭师的主持下动工修建。活得长的法老,陵墓装修得比较精致,墓中的文字和图案也都是雕刻上去的。活得短的法老,没有给工匠足够的时间完成雕刻,那么就只有手绘了。所以,墓内的图饰是刻上去的还是画上去的,望一眼便可知这法老的命长还是命短。

考古学家将所有的陵墓都以"KV"编号来命名。每一座陵墓的构造都大同小异,先是一道长长的甬道,甬道两边的墙上全是壁画,然后有圣器室、祭品室(有点像地下神庙),再后是圣殿、石棺室以及神堂。有的还有陷阱,以诱使盗墓贼走错路。尽管法老们小心翼翼,但盗墓贼依然魔高一丈。

帝王谷中的陵墓几乎全都被盗墓贼盗尽。唯有最不起眼的图坦卡蒙墓因其墓上面有一座工棚(为修拉美西斯六世国王的陵墓而盖的工棚),一直未被发现,从而得以幸免,成为帝王谷中唯一一座没有被破坏的墓。当它在1922年被发现并开掘后,里面的豪华而灿烂的陪葬惊动了整个世界,图坦卡蒙墓也成为帝王谷名气最大的陵墓,从它里面挖出的文物全部都放在开罗的埃及博物馆,成为镇馆之宝。

帝王谷大部分陵墓不开放。即使开放的那些,也不准在里面拍照,不免让人扫兴。在这里也就只能让大家看看山,感受一下帝王谷残酷的荒凉以及森严的气氛。

去过帝王谷,看过那些被毁坏被洗劫的陵墓,你就会明白,比建筑师和工匠更厉害的人是盗墓贼。他们在那样简陋的条件下,居然能闯入路径和机关复杂得一塌糊涂的陵墓,且将沉重无比的石棺(那棺盖即使一个排的人也不一定抬得动)打开,偷尽内里财富。他们的智慧和力量都令人叹服。

九 雄浑大气的女王陵

女王陵在我的感觉中与帝王谷只隔着一座山。女王陵的主人叫哈采普苏特,是古埃及第十八王朝的一个女法老,也是埃及历史上第一个女国王。

我们最熟悉的埃及女王是克莉奥佩特拉。一部《埃及艳后》的电影,让全世界人都知道了这个聪明而美丽的王者,但很少人知道,这位享誉世界的埃及艳后并非正宗的埃及人,而是血统纯正的希腊人——虽然她最后为了埃及自杀身亡。

与克莉奥佩特拉相比,哈采普苏特却要早出道一千四百年——这是何等漫长的岁月。她的名气虽不如埃及艳后克莉奥佩特拉大,但她却是地道的埃及人。在埃及,她的政绩和她的贡献绝不输于任何一个男性法老。埃及正是在她掌控大权的时代,进入了历史上最强盛、最富饶的时期。

说哈采普苏特女王是世界上第一个女权主义者也不为过。她生性大胆果断，极有政治手腕。以埃及的宗教传统而言，埃及的君王必须是男性。哈采普苏特却懒得一睬，她自立为王之后，一方面将自己神格化，另一方面也将自己男性化。她的许多造像不是充满神性，就是塑成男性。后世见到的哈采普苏特的一些战士塑像，平胸不说，嘴边还长着髭须。一个女性，敢以如此形象留给后世，真的需要些勇气。

在埃及，哈采普苏特的地位类似中国的武则天，极具传奇。她执政时最传奇的故事是对索马里的远征。她的远征为埃及获取了无数财富和宝藏。只可惜这样的一个奇女人，没有人为她去拍一部惊世的电影，甚至是一部通俗的电视剧也没有，以至知道她的人少而又少。我若不是走到了这座女王陵，也从来不知在这个世界距我们三千五百年前的时候，就出现过一个如此雄才大略的女性。

据说女王陵是女法老自己选择的地方。设计师也是她挑选的。地点自然是在尼罗河西岸。这是古老的底比斯城北端的一处悬崖下。陵墓面向尼罗河，眼前是一片敞开的绿洲，背却紧贴着笔立陡峭的悬崖。风水说是极其好的。我不懂风水，看过也觉得把墓选在这样的地方，眼光也真是了得。

王陵背后的山，形与色皆呈严峻状，远远望去，就像一条伸长而微曲的胳膊,非常雄壮也非常有力地将女王陵护卫在自己的臂弯。陵墓建筑与悬崖紧密而谐调地融在一起。相信在建筑史上,人(陵墓)与自然(山崖)如此有机地结合,也是难得的典范。

女王陵有三层。走过一条斜而长的坡道,上到第二层。二层是一个宽阔的平台。如此再走一条同样斜而长的坡道,到达第三层。三层依然是一个宽阔的平台。一层和二层都有长长的柱廊,内里全是壁画。壁画的内容讲述着女王一生的故事,以及对她的颂扬。这是帝王们惯做的事,女王也难免脱俗。第三层方是陵庙,陵庙的长廊上依然是浅浮雕和诸多的塑像。陵庙的两侧有太阳神庙和神堂。神堂是女王为其父亲而建。穿过第三层陵庙,里面有个庭院。庭院紧贴着悬崖。仰面看山,觉得人无比渺小。我们去的时候正是中午,太阳火辣辣地照着。山壁散发出金黄色的光彩,令人炫目。

女王陵雄浑大气,典雅庄重,几乎没有女性的妩媚艳丽和玲珑小巧的气质,更无半点脂粉味道。给我的感觉倒是她那种与男人比肩且要比男人更强的气概。陵侧小小的太阳神庙里,一定有过许多精美的雕塑。这一处为我特别喜爱。

站在女王陵朝尼罗河方向张望,沙漠和绿洲可谓泾渭分明。两边的黄色中夹峙着一条绿带,埃及就是这样。

正是这样的埃及,带给人类多少的瑰宝和财富,带给我们多少的神秘和惊奇。它的存在,使我们对人类自身的猜测和想象变得无边无际,我们无从知晓我们的祖先们还做过什么。或有更多惊天动地的事情,更多飘浮于我们想象能力之外的东西,我们永远也无法知道。于是,这个世界也就更加的神秘莫测、更加的深厚沉重。因为这些,这个世界的魅力也更加的回味无穷。

十　卡纳克神庙令人叹为观止

终于看到了埃及最伟大最壮观最气势磅礴的卡纳克阿蒙神庙了。

老话说,好戏在后头。卡纳克神庙(卡纳克阿蒙神庙的简称)是此行最后的一个景点。到了这一地,真有点瞠目结舌不知如何是好的感觉。

古埃及到了中王朝之后,法老的葬身之地,不再像早期胡夫国王他们那样,给自己修一座金字塔,光明磊落大摇大摆地矗立在阳光之下。因为法老们已经知道,无论他的陵墓修得怎么大气堂皇、坚固厚重,也奈何不了昼伏夜行的盗墓贼。为了确保自己死后的安宁,后来的国王们都将自己的木乃伊埋葬在秘密的山窟之中,这也是我前面说过的帝王谷。既然秘密了,陵墓前就不可能再很招摇地修建祭祀的庙堂。于是陵庙分离也是必然。

离开了陵墓的神庙自由度大多了。它可以修在尼罗河西岸,也可以修在东岸(多数还是在东岸),可以在人烟荒迹之处,也可以在市井里巷之间。到底有什么规则，我也不清楚。如果说埃及的法老们是想到哪儿修就到哪儿修，那也不是不可能。皇帝嘛，他的话就代表着神在发言，他在一瞬间的念头就是神示。

在底比斯，人们信奉的是太阳神，他们管它叫阿蒙神（阿蒙神原是一个地方小神，经过演变，成为底比斯至高无上的神）。而皇帝则是太阳神在人间的替身。他是神与人的混合体（皇帝可真会蒙人啊，其实他自己肯定心里清楚，他跟神也没啥关系）。所以这里的神庙就是阿蒙神庙。

卡纳克神庙修建于公元前 1530 年至前 323 年间。在这一千多年的时间里，这座神庙不停地修建，不停地扩展，也不知历经了多少朝代（专家们肯定知道，只是俺不知道而已），以至成为今天这样的规模。

这座神庙巨大得让人昏头，迷宫一样，在里面转上一天，也转不出个头绪来。因为太过庞大，年代又太久，四处遭到破坏得厉害也是理所当然。所以，从零散着堆砌的残块来看，考古学家们还在更深入地发掘和修缮。估计把它修复个大概，少说也得再花一百年。

神庙的大门口有一条神道，这是一条两边拥有羊面狮身的神道。迎面便是高大的牌楼。神庙内的牌楼有六道，像接力棒又或像排比句一样，一层一层的，隔不多远就冒出一座。游人的目光从大门一直穿越层层石门，贯穿到底，直到看见神庙的后门。大殿也是一进一进的，到底有多少，我也弄不清。走进去后，晕头转向。不同年代的大大小小的神庙混杂包围在一起，实在不知道应该看什么才好，甚至也不知道从何看起才能不漏。

当然，最让人兴奋和惊叹的还是多柱厅。满身浮雕的大石柱，森林一样立在一起，多达 134 根。它们又粗又壮，几千年过去了，依然高耸着，一根也没有倒塌和倾斜。我想柱厅除了展示着建筑自身的美妙外，其间一定有着强烈的宗教意义。人在柱厅中行走，四周全是道路，无数巨大的石柱如影随形地与你贴着身。每一根柱子的背后有着什么，全然不知。而行走在天空的太阳却不停地变化着石柱的阴影，光斑在柱身上交替着换位，明明亮亮，阴阴阳阳，让行走其间的人产生恍惚甚至窒息感。世界的神秘难测和不可预知，在此时都会变成一种恐惧。随着时间，这种恐惧必在人心中膨胀到高峰。这时候，你会觉得世上没有什么可以相信，只有充满着宗教神力的阿蒙。我是一个地道的无神论者，那天在这些大石柱中走来走去时，内心不由自主地冒出一种莫名的压迫感。

在多柱厅的柱缝中，我终于看到了著名的方尖碑。巴黎的协和广场，我曾经看到过方尖碑，觉得它既神秘又简单，既朴质又华丽，给人一种说不出的力量和感动。而在这里，得到的却完全是另一种感觉。在庞大厚重的一层一层浪一样叠着的石墙和粗壮敦实的石柱中，方尖碑像精灵一样，显得那样轻巧那样俏丽，像太阳的一束光,明亮晶莹,给整个神秘得有些压抑、令人恍惚的神庙带去一丝轻松。

阳光下的方尖碑,那么明亮干净,我似乎觉得它立在这里,就是在解救那些因恐惧而行将窒息的人,是在化解他们内心的压力,是在给他们镇定自己的勇气,是让所有心慌意乱的人静心。

卡纳克神庙有一个圣湖,圣湖旁有一根倒下的(或是没有竖起来的)方尖碑。这是女王的方尖碑。卢克索附近的山都是土山,神庙如此大量的石材全都来自尼罗河上游的阿斯旺。在阿斯旺时,我们曾经去看过石材的采集地。那里古埃及人刀砍斧凿的痕迹依然清晰可见。我们看到一个未完成的女王方尖碑,据说凿了一半,发现石头上有裂缝,因此而弃用了。方尖碑必须是整块石材凿成。所以石材怎么用船运来,我还真不知道。因为哪里有那么大的船来装这些沉重无比的石头呢?

倒下的方尖碑旁还有一个圣甲虫。古埃及人对甲虫也十崇拜。听人说,围绕着圣甲虫转七圈(我都忘了到底是多少圈)就会给人带来运气,于是大家都去围着圣甲虫绕圈。我也没有免俗,当是好玩,也绕着转。那场面,想想觉得很好笑。也不知是哪个搞笑的人想出的点子。要能拍下那些转圈的场面,这时候肯定笑翻。

卡纳克神庙无论是石柱、石墙甚或柱子上的石梁上,全都是密密麻麻的浮雕。这些浮雕也都是几千年前的作品了。它们或是征战，或是凯旋，以及巡游、狩猎、欢歌之类，也都不缺少，甚至还有受降以及虐俘场面。这些用石头记录的历史，比纸张的记录来得更直观和鲜活，以手抚之，甚至能感觉到遥不可及的当年气息。

返回时，行走在昏暗的太阳余光下的多柱厅，光影晃动，更给人恍惚与迷惑。一想到它们站在这里业已好几千年，看着自己繁华如锦、气势浩荡的古埃及被外族人天翻地覆地改变，看着神庙里来来去去的埃及人渐次地换血（现在的埃及人血统已变，早已不是过去的古埃及人了），看着自己强大的历史被一次次中断，财富亦被一点点掠夺，心里就不知道怎么才好。

或许神真的是有力量。埃及已经翻天覆地地改变，它却依然故我。

第二辑　汉口老租界

恶之花

一　额尔金来了

1858 年 12 月 6 日,应该是汉口一个很冷的日子。你完全想象得出江风是如何贴在长江的水面上低声呼啸。捕鱼的季节已经过去,江面上几无船只。站在南岸的黄鹤楼上眺望江水,真的是天苍苍水茫茫的一派寂寥。面对这样的苍茫,你的眼前不由自主会蹦出那首一直都撕扯着你内心的诗句:

晴川历历汉阳树,芳草萋萋鹦鹉洲。

日暮乡关何处是,烟波江上使人愁。

这是一个极易让人心生感伤的季节,这也是一个极易令人心怀惆怅的景色。

便是这天,一支庞大的船队从长江下游浩荡而来,它们突然出现在了汉口的江面上。两艘名为"狂怒号"和"报应号"的英国巡洋舰和三艘名为"迎风号"、"鸽号"和"驱逐号"的英国炮艇,威风凛凛地由上海经镇江、南京、安庆、九江,长驱直入,一直抵达武汉。它们沿途勘测航道,观察气象,制作精密的航道图,大摇大摆,目空一切。

几天后,它们看到了清澈的汉水流入浑浊的长江,看到了依着汉水停泊密集的船只和汉水岸边密集的房屋。于是它们轰然抛锚,将自己泊在了汉口的长江水面。

率领它们的是英国特使额尔金。

半年前,英国全权代表额尔金与清政府签下了《天津条约》。当时的长江中下游战事激烈,洪秀全的太平军与清军正打得热火朝天。为此条约约定待"地方平靖"过后,再作进一步商讨。然而,急于在中国开辟新的地域的额尔金却按捺不住这份等待。尽管11月太平军的李秀成和陈玉成刚刚取得三河镇的大胜,迫使清军从安庆撤退,额尔金却冒着战火的风险一路逆流而上,闯到汉口。

汉口的命运便因了这个寒冷的日子,因了这轰然的抛锚声,因了额尔金的出现,而得以改变。

静夜之时,我常常会生出这样的念头:来自西方的文明和来自列强的凌辱是不是自这一天起,开始由所有的缝隙中向汉口渗透呢?

二 汉口这个地方

汉口这个地方是近五百年前才出现的。

汉水的最后一次改道,将其出水口落在了龟山北麓一片开阔的地带。它便是现在汉口的地盘。在它出道之前,武汉这座素称"三足鼎立"的城市,实际上只有两城夹江。这两城便是历史悠久的武昌和汉阳。

现在汉水将汉口从汉阳的土地上剥离开来,自成一体。

相对于浩浩长江,汉水只是一条小河。于是前来汉口创业的人们,也就管汉水叫了小河。小河水流弯曲,水质清澈,水势平缓,水深适度。偏它在临近入江口的地方,水域又陡然地阔大起来,于是它便成了船只集结的天然良港。人们沿着小河筑圩、修堤、填土、打基,建起一座座吊脚楼。楼的一半在岸上,一半搭在水上。沿河一溜儿搭下,很是气派。楼下的水面上,帆樯林立,桨声喧哗。汉口的人烟因了小河和小河边肥沃的冲积土地,渐次兴旺起来。

汉口人的出行和生活来源,靠的是行船走水。码头也就春笋一样显现在了小河的岸边。地理位置成就汉口的商事,商事促成了汉口的热闹,热闹导致了汉口的繁华。于是到了清末,汉口已经成为中国著名的四大名镇之一。《汉口竹枝词》中说:"汉河前贯大江环,后面平湖百里宽。白粉高墙千万垛,人家最好水中看。"从水上望去,汉口的街上,万垛粉墙,高出云表。汉口的场面何其壮观。

这个时候,谁都会发现汉口是块好地方。

在额尔金来到汉口之前的 1842 年,一个叫柯林逊的英国舰长曾率领一艘军舰来过汉口。应该说,他是第一个落入汉口视野中的洋人。十六年后,洋人额尔金再次出现。

额尔金登上了汉口的土地,拜会了当时的湖广总督官文,并将汉口确定为通商口岸。

有了额尔金这次航行的垫底,1861 年 3 月,英国驻华使馆参赞巴夏礼再次拥四艘军舰抵达汉口。这一次他正式要求湖广总督官文开放汉口,并仿照上海,划出一块地皮作为英国人的区域。由汉口花楼街东八丈起,顺流而下,至甘露寺江边下东角止约 458 亩的土地被英人看中,整块土地"永租于英国官宪"。

汉口英租界便由此划定。

三 "租界"的来由

说起租界,它的话头就长了。一直要长到一百多年以前去。

鸦片战争后,中国被迫签订了《南京条约》,上海及另外四个沿海城市成为通商口岸。本来这场战争英国人要达到的一个重

122

要目标,就是让英国人登陆这五个通商口岸不受限制地自由居住。战场上的胜利,使他们得以顺利达到自己的目的。

开埠初期,上海的英国人不过几个教会中人和几个由广东过来的商人。他们暂时住在城外的乡下,房屋小而简陋。但当时的英国人,只要有生意做,有房子住,对于住在哪里以及条件好坏,并没有提更多的要求。

1843 年 11 月,英国的第一任领事巴富尔乘船抵达上海。到岸后,因一时难以找到住处,在上海的头一夜,巴富尔仍然住在船上。第二天,巴富尔拜会上海道台,要求在城内租屋居住,结果遭到上海道台的拒绝。巴富尔出衙门后,遇到一个姓顾的中国人。顾姓者主动提出他可以把自己的房子出租给巴富尔。巴富尔随之察看了这所有着 52 个房间的住处后,认为可行,于是以每年400 元租金租下。英国领事馆在这个顾姓人的房屋里设署长达六年时间,这是闲话。

鉴于如此现状,巴富尔便打算出资购买中国人的地皮,自行建筑居住屋和商用屋。一般说来,来自异邦他乡的人们,因与当地居民生活习俗、宗教信仰、语言方式的不同而更愿意同邦聚居一处,这种心理十分自然。对于清政府来说,为了防止英人散居各地,从而无法控制,觉得集中居住更为合适,故也提出对英国人在通商口岸租地建屋的区域应该限定界址,实行华洋分居,画地为牢,以方便于防范和管理。当时的道光皇帝是十分赞同这一主张的。可以说，无论清朝官方还是英方，都认为专为来华的英国人划定居住区域，是一个对双方都有利的事情。

最早划定英人居留区域界址的地方当然是上海。1843年底，巴富尔得到了东以黄浦江为界，北以吴淞江为界，南以洋泾浜为界，西面与一片荒地相连的800多亩土地。紧接着，在厦门，英国人又与清政府商定，划下了租地界址。只是到此时为止，这些划给英国人的地皮，只是借给他们居住的区域。

英国人的租地划定不多久，法国人也来了。法国人提出了同样的租地要求。清政府官员有些发蒙，心想：不是把地租给了你们，你们反正都是洋人，住在一起不就得了？法国人却不干，要求另批租地。法国人说，我们是来向中国皇帝借地，而并非向英国求借地皮。这件事交涉了几个月，最后让步的当然是中国。中国当时积弱不振，一派败国之相，跟洋人打交道，步步退让，也是必然。上海道台麟桂于1849年4月发布告示，告示中确立了法国人的租地界址。

这个告示的出笼，将清政府严加限定外商居留范围的初衷完全打破，反倒形成了同一个通商口岸可同时容纳并存多个外国人居留地区的局面。

同时太平军的攻克南京，以及小刀会的起义，给了洋人在自己的租地内建立武装的最好借口。他们组织义勇队，修建永久性的防御工事，甚至赶走了驻扎在租地附近的清朝军队。渐渐地，中国官方已经完全不能在洋人租地内处理任何日常的行政事务，就连居住在界内的中国人也要受洋人的行政管理。

在上海官府的软弱退让中，洋人陆续在他们的租借地里拥有了独立的市政机构——工部局，拥有了自己的警察武装——巡捕房。他们完全摆脱了中国政府的管束，而成为盘踞在中国领土内的"国中之国"。

这样的结果，清朝官方何曾料到。

四 "租界"二字出自汉口

租界独立姿态业已摆出，只是这时尚未出现"租界"二字。

随着第二次鸦片战争的失败，《天津条约》的签订，广州和天津的租地也陆续划定，外国人居住地的方式再一次发生变化。

先是广州，由英政府向清政府租借沙面江滩作为英租界。这是第一个由外国政府租借界内全部土地的租界。然后，天津海河西岸紫竹林一带400多亩土地，被提出"立契永租"的要求。

现在，他们又到了汉口。

1861年3月21日，巴夏礼在汉口长江北岸划下了英国租界址，与湖北布政使唐训方签订了开辟汉口英租界的条约。条约在中文文本中明确称这种外国人租地为"租界"。其原文为："自定此约之后，即不准民人在租界内再造房屋棚寮等。""租界"二字，至此方首次现身。

这一条约又规定,在这一区域中,"如何分段并造公路管办此地,一切事宜全归英国驻扎湖北省领事官专管,随时定章办理",租界由外国人领事专管的制度,亦在此约中确认。

事趋如此,租地而至租界,其性质已经改变得一塌糊涂。原本对清政府有利于管理外国人的好处,全部都没了。中国官方根本失去了任何管理和控制租界的权力。他们不能干涉租界内部的大小事宜,不能立法,也不能进去抓捕触犯了自己法律的人,他们的军队不能进入租界内,即便路过也得缴械让对方一一检查,有时他们反而还得听听来自租界那边的喊喊叫叫。因为那里已经不是中国的领地,而是别人的领地。这个事情走到如此地步,看上去便多少有些滑稽了。

五　国中之国

从上海租地开始,到全部租界的收回,租界在中国存在了前后一百来年历史。人们常常称它们为"国中之国"。

我们应该看看它们的基本数字。

租界时间最早、占地面积最大的是上海,但上海租界只有英、法、美三个国家;租界面积次之,而国别最多的是天津,天津共有九国租界,它们是英国、法国、美国、德国、俄国、意大利、奥地利、

126

比利时、日本。

汉口租界占地面积排名第三,但它的租界开辟时间和国别数量则排名第二。前者仅次于上海,后者仅次于天津。

广州租界有两个国家——英国和法国。厦门有两国租界——英国和日本。其他如九江、镇江、杭州、重庆、福州、苏州等城市都只一国租界。

在汉口开辟了租界的五个国家是英国、德国、俄国、法国、日本。

1861 年 3 月,英租界在汉口花楼巷江边至甘露寺江边下东角划定,占地 458.28 亩。

1895 年 10 月,德租界在汉口通济门外、自沿江官地至李家冢划定,占地 600 亩。

1896 年 6 月,俄国和法国同一日在汉口划定租界,界址处于英租界和德租界之间。前者占地 414.65 亩,后者占地 187 亩。此两界边界犬牙交错,相互勾连。

1898 年 7 月,日本在汉口德国租界以北划地租界,占地面积247.5 亩。

最初的租界面积统共不足 2000 亩,但历经这些租界的扩展以及越界,到最后计算下来,整个汉口租界的面积竟达 3300 亩。

除此之外,在汉口,还有三处孤悬于华界之中却与租界有着血肉关系的飞地:日本军营、西商跑马场和万国冢地。

其实想在汉口占地开辟租界的远不止此五个国家。比方比利时就有过预留租界。张之洞主政湖北期间,主持修建卢汉铁路。张之洞认为"比系小国,别无他志",故修铁路的贷款找的是比利时银行。比利时这个小国便趁铁路征地之机,以每亩10两银的价格,购买下邻近日租界铁路边600亩地。比利时以比国千名筑路工人居住需要,欲建立生活区,以便于管理为名,要求设立租界。这事被张之洞断然回绝。比利时虽是小国,可也不是善辈。这个皮一扯就是十年,清政府无可奈何,最后以81.8万两银子,高价买回了比利时所购的全部土地。

还有一个窥视汉口已久的国家不能不提,这就是美国。早在英租界建立之时,便有美国的商人和传教士来到汉口。及至1901年,在汉口的美国人数与英国人数几乎持平。美国人欲在汉口开辟租界,自是提上议事日程。那块曾经与比利时争执了许久的地皮,又被美国人当作了租界的预留地。最后不知什么原因,终是没有建立起来。

汉口的租界虽然只有五国,但在汉口的领事馆,除了有租界的五国外,尚有未来得及开辟租界的十个国家亦设有领事馆,即美国领事馆、比利时领事馆、荷兰领事馆、葡萄牙领事馆、瑞典领事馆、挪威领事馆、丹麦领事馆、意大利领事馆、瑞士领事馆、芬兰领事馆。用我们现在的眼光看来,当时的事情也有些怪。像西班牙、奥地利和墨西哥三国在汉口派有领事,却未设领事馆。而瑞典设有领事馆,却未派领事,他们的大小诸事都交由美国领事代办。

这么多国家的洋人在汉口来来往往,可以想见得到,当时的汉口是何等热闹。

六 汉口:丧失还是获得

租界开辟之初,汉口闹市和民房几乎都集中在汉水岸边。那里货栈云集,作坊密布,店铺错落。而开阔平整的长江北岸却仍是寥无人迹,荒野一片。英国人在为自己的租界选址时,撇开了热闹的汉水地带,而选择了长江岸边。

此时的英国人,经过了工业革命,早已告别了木船时代,他们征服长江和利用长江这条黄金水道,全然不在话下。五大租界区沿长江南起江汉路,顺江流而下,北至黄浦路,将长达七八里的沿岸地盘全部占据,面积达数千亩。

汉口人眼睁睁地看着那些洋鬼子在长江的岸边盖建了风格与本土完全不同的建筑群。高楼大厦风一样快速地矗立在了长江边上。花园和草地,马路和洋房,赛马场和跳舞厅,以及电灯电话,以及脚踏车自来水,以及汽车洒水车,以及煤气自鸣钟,诸如此类在西方日常生活中不可缺少的生活娱乐设施和物品,都出现在了长江北岸这片多年无人打理的荒原上。西方人的法律意识,西方人的民主姿态,西方人的自由尺度,西方人的生活方式,西方人的物质文明,以及西方人的文化习惯,足令居住内陆深处,无缘见识国外的汉口人一时间目瞪口呆。

租界的到来和它们在中国本土上展示的模式,多少年来,都让国人有一种难以表达的心情。它们给中国人所带来的内容太过复杂。爱它当然不可能,恨它却也不全是。所以一个历史学家说,租界既是陷阱,也是阶梯。陷阱让苦难的老百姓又深陷一重苦难,阶梯又让中国大步登上了一个全新的高度。

租界之恶,在于它侵犯了中国的主权,它是强权侵凌弱势的结果。

租界之恶,在于它残酷而毫不留情地掠夺了中国人的财富,使得本已处于贫困的中国人陷于更加的贫困之中。

租界之恶,还在于它纵容洋人在直面中国人时的霸道和蛮狠。他们的民主和平等只在他们同族人中讲究,当他们转脸向中国百姓时,却是一脸的不屑和傲慢。他们分明存活在中国的领土上,却可自行其是,横来直去,不受约束,甚至比中国人更加耀武扬威,为所欲为。

租界的存在,严重地伤害了中国人的民族尊严和民族情感。它是列强们强迫中国人接受的事物。

但是,历史总是有其错综复杂的一面。恶土之上,也能开出花朵。随着时间的推移,当年租界给近代中国带来的利处,也越来越清晰可见。

租界对于不触及它自身利益的言论和行为,给予了某种程度上的自由。这使得中国的报刊业,有了一个不被清廷文字狱所迫害的避难之地。这个结果使得大批的中国精英分子,得以有机会承担起唤醒民众民主意识的重任。他们有了条件和阵地,由此而加速了中国的民主进程。就连陈独秀当年都在文章中说,租界是中国最安全的地方,也是最安静的地方。

租界的市政建设让中国人开了眼界。它从生活方式上给了中国人一种更文明的参照模式。近代的物质文明,正是由租界传达和扩散到中国民间。

租界的法制也让中国人看到了法律的森严和威力。它可保护个人财产不受侵犯,也可容忍不同政见者的存在。

可以说,租界的出现,将中国与世界的距离拉近,它是让中国人看到世界进步的一个窗口。

这些恶处和利处,有着五国租界的汉口都遭遇到和利用过。租界不仅重构了汉口的城市格局,就连汉口的气质也因此产生了莫大的变化。作为中南重镇的武汉能有今天的规模和气派,离开了租界,恐怕也无从谈起。

但无论如何,今天我们谈论租界的利弊,头脑必须清醒。我们不能因为租界曾经给过我们的一点点利处,而忽略我们的民族以及我们的先辈曾经有过的凌辱和灾难。我们更不能忘记,租界的直接受益者,从来都是开辟者的本国。他们是为了让自己的国家更好地实施对中国的掠夺而开辟的一条方便之径,却并非为了帮助中国而开辟租界。只是它在这个过程之中,在有意无意之间缩短了中国与世界同步的路途。

开场和结局的差异,过程和目标的错位,令租界具有难以辨别的双重性。但是究竟谁重谁轻,我们在掂量时,应该看到根柢的东西。所以,我觉得租界虽然给我们留下很多的东西,但它终究是从烂泥中生长出来的花朵,它终究是中国肌体上的一块曾经痛彻身心的伤口,而并非中国天空上曾经有过的彩虹。

汉口第一租界——英租界

一 汉口租界就这样开始

1

第一个来中国开辟租界的是英国人。第一个来汉口开辟租界的也是英国人。一百多年前,英国人在这个世界上真的是又霸道又牛气。让中国连续惨败两次的鸦片战争的主角就是他们。

而英国,只不过是孤悬于欧洲大陆的一个岛国而已,与有着广袤国土的中国相比,它真是太小太小了。但或许,正因为它是一个海岛,它便有了比别的陆地国家更多的地理优势。

当美国人正在为独立而浴血奋战时,当法国的大革命风起云涌闹腾得不可开交时,当中国的清朝皇帝乾隆怡然自得坐在北京紫禁城的龙椅上时，一场伟大的革命却在英国悄然开始，这就是在我们的历史教科书上有着重要章节的工业革命。

工业革命，是机械的革命，也是科学的革命，更是一场和平的革命。蒸汽机、纺织机、发动机，以及汽船和火车突然就落入了人们的视野。于是时代便进入了机器时代，进入了煤和铁的时代，进入了工厂的时代，进入了运输和商业的时代，进入了以城市为主体的时代，也就进入了有着现代文明的基本素质和条件的时代。这场工业革命不仅使英国的经济一飞冲天，更重要的是，它推动了整个世界的进步，并引领着世界进入一个前所未有的境界。任何一个伟大的革命与之相比，都显得无足轻重。

而此时的中国，虽然迎来了豪华而灿烂的康乾盛世，却因它的闭关锁国以及无视先进的科学、无视世界的变革现状而盲目地自大自傲，以致错过了时机。细观清朝历史，几乎可以看到大清国一直在用自己的手，将自己一日日赶往衰落之境。

百年过后，当小小的英国胆敢向巨大的中国高声叫板时，业已基本完成了工业革命，正雄心壮志地想要深入东方，以便吞并更多的地盘。而地盘大得足以让英国人无所适从的中国，却堕落成一个虚空的架子，禁不起这个来自西方的小巨人轻轻的一掌。

在如此背景下，英国人出手在中国的领土上开辟他们的租界，建立一个个的"国中之国"，又是何等轻而易举。

2

1858 年,额尔金到达汉口。三年之后的 1861 年 3 月 11 日,英国驻华海军司令贺布和英国驻华使馆参赞巴夏礼亦率领一支由四艘军舰和几百名水兵组成的舰队,沿着额尔金的路,也奔来汉口。十天之后,巴夏礼便到湖北藩司衙门,与湖北布政史唐训方签订了《汉口租界条款》。

那时的汉口正处于紧张的状态。太平军收复了距汉口并不算太远的黄州。这儿曾经是苏东坡被流放过的地方,苏东坡的千古诗篇"大江东去,浪淘尽,千古风流人物"便是在此挥就。太平军的英王陈玉成前几个月刚刚打败清军,收复安庆,正踌躇满志地准备与转战江西的李秀成会攻武汉。

消息传到武汉,整个三镇都处于惶惶不安之中。刚刚签下了租界条约的巴夏礼自是对这场即将爆发的战争充满了担忧。用巴夏礼自己的话说:"我们的烦恼是可以想象得到的——在两三小时内,我们在贸易方面的美妙前途的一切希望似乎都丧失了,而这一贸易乃最近以最大信心所期望着的。"于是巴夏礼在签下条约的第二天,便与英国驻汉口总领事金执尔直奔黄州,设法阻止这一战事。

对中国近代史稍熟一点的人都对巴夏礼(1828—1885)这个人物会有印象。1841 年刚刚满十三岁的巴夏礼由英国来到中国谋生,并在澳门学习中文,后来曾充任英国侵华军全权代表璞鼎查的随员。他参加过第一次鸦片战争,挑起了第二次鸦片战争,唆使额尔金(就是在 1858 年冬天率五艘军舰来到汉口的那个人)火烧圆明园。巴夏礼是一个中国通,多年的外交生涯,使他处世圆滑老练,能言善辩。搞掂年轻的、从未与洋人打过交道的陈玉成显然不在话下。

对于曾与清廷战场对抗打拼过的英国人,痛恨清朝的陈玉成自是以礼相待。据说陈玉成迎接巴夏礼时还铺上了红地毯。巴夏礼告诉陈玉成,英国人已经在汉口划定了租界,太平军必须远离汉口,否则损害了英国人的商业利益,英国人就会与太平军起冲突。他利用太平军消息不通的弱点,又欺骗陈玉成说李秀成目前尚未到江西,而武昌城里防守森严,倘陈玉成孤军闯入,势必失败。时年二十五岁的陈玉成以为巴夏礼仇恨清廷,是太平军的朋友,立场一定会站在他这边,于是他听信了巴夏礼的话,立即下令改变了进军方向。

陈玉成的这一改变,成为太平军作战史上重要的一个败笔,从而也导致了太平天国的崩溃,次年陈玉成便战死沙场。

但武汉却因了巴夏礼的如簧巧舌,幸运地免去了一场战争浩劫。

3

汉口是以汉水，也就是老汉口人所称的小河而起家的。汉口
的繁华闹市集中在小河一带。又因为汉口是靠着码头靠着贩运
靠着小商品而兴起的，所以汉口城区的扩展毫无章法，全然一派
随意自由地向外延伸。汉口的街面也因无秩序无规则而显得杂
乱、拥挤。而汉口的气候，春多雨夏多湿，这些街道便四下里脏兮
兮的。

1861年巴夏礼一行在汉阳知府等官员陪同下，到处看地。他
几乎想都没想，就断然放弃在汉江岸边寻找租地。宽阔无人的荒
草萋萋的长江南岸便自然落入他们的眼界。此时的英国人，早已
跨过了木船时代，他们有信心用他们的铁船来征服风大浪急的长
江。当然，为了生意上的方便，他们的地盘也不能离汉口闹市太
远。于是，经过一番考察，他们挑中了处于闹市的黄陂街以下街
尾地方，具体位置是从花楼街往东八丈起，到甘露寺江边下东角
为止，宽达250丈、进深110丈的地界。这块约458亩的土地以年
交纳地丁和漕米银92两6钱7分的价格，永租与英国官宪，任凭
英人在此建屋造房。

但甘露寺这个点究竟在何处，至今无人找到。有一段时间，
本地报纸曾登报寻找知情人，但似乎没有人应话。所以，更准确
的英租界边界线我们无法标明。这无关紧要，因为我们已经明确

知道英国人的地界一直开到了现在的合作路一带,这就足够了。

这一年的 4 月,英国领事馆在租界区的江边设立。第一任领事名叫金执尔。金执尔原是一个外科医生,1842 年来到中国,那年他二十五岁,很快他就进入了领事界,先当翻译,后做代理领事。他曾经当过英国驻厦门第七任领事,现在,他又被派调到汉口。这次调动,使他成为汉口的首任领事。

金执尔走马上任后,首先便沿着英租界修了一道围墙。一则防止太平军进攻武汉,二则防止非租界内华人来此筑屋。他还贴出公告,要把租界内原属中国人所有的 60 片土地买下,他要求土地的所有者与英国商人共同协商解决购地问题。

6 月,太平军李秀成从江西转战而来,兵锋直指武汉。金执尔像巴夏礼当年见陈玉成一样,跑去见李秀成,叫李秀成不要进攻武汉。劝说不战倒也罢了,这个金执尔竟将李秀成托他转交给太平军另一将领赖文光的信交给了清军。太平军合围武汉的计划,至此完全流产。武汉又免掉了一次炮火之劫。

突然来了一帮英国人圈下地盘,像在自己国家一样住得自由自在,横行霸道,诸多血性十足的汉口人看不顺眼,于是大小冲突时有发生。而 1858 年的《天津条约》中规定,凡中英混合民刑案件中的英国被告人,均由英国领事审判,中国官府不得过问。也就是说,当中国人告了英国人时,中国方却没有司法主权,判决是英国领事的事。而英国领事多数情况下都是护着自己的国人,这使他成了作恶的英国人最大的保护伞,为此而更加嚣张。有一回,一个英国人硬说清水师"长龙"号水勇偷了他金手表上的链子,水勇自是不服,由此而引起双方斗殴。金执尔获得信息后,竟下令英军舰袭击"长龙"号。英水兵将船上的钱财、衣物、炮械悉数掳去,这且不说,他们还将那个水勇吊在桅杆上用火烧死,最后放火将"长龙"号焚毁殆尽。这件事情闹得太大,连当时的湖广总督官文都被惹火了。官文遂与金执尔交涉,金执尔非但没有承认焚船烧人之咎,反而坚称水勇偷窃金表。官文忍无可忍,便请有关部门向英国公使提出撤换金执尔领事职务的要求。英方却更加嚣张,尤其是英国海军司令,甚至扬言要将官文押解进京。这件事英国人出手如此之毒,中方纵使恼怒,但也只能步步退让。见中国人不硬,英国人倒反守为攻,比中方更显得理直气壮。争执到最后,此事竟是以英公使承认海军司令押解官文进京一说乃言辞过激而结束。

这个嚣张跋扈的汉口首任英国领事金执尔只在汉口干了一年,次年春天,他便暴病死在了任上。这一年,他四十六岁。

4

在汉口的五个租界中,英租界的经济最繁荣,贸易最发达,商业最活跃。这首先是因为它设置得最早、较早形成规模的缘故。从 1861 年设界至 1894 年,此三十三年间,汉口仅有此一租界。

其他国家侨民想来汉口经商贸易以及居住，都只能住在英租界里。这使得英租界非但人气较旺，而且诸事也都占了先。

此外，便是英国这个老牌资本主义格外霸道。英国人将租界地盘划定在紧靠汉口闹市近旁，为了不让其他国家占有同等位置的地理优势，英方早就与汉口官方约定，日后其他国家在汉口开辟租界，其界址只能选在英租界的西北方向即英租界的下游处，那里离汉口当年的商业中心要远得多。现在我们看到的其他国家的租界区域，正是按照英国人所要求的那样设立的。长江流域属于英国势力范围，英国领事因而在各驻汉领事中说话最有分量。但凡租界有重大事务要与中国交涉时，大都会是英国领事出面说话。

因为设置早，加上地理位置优越，20世纪初，汉口由各国商人开设的110家银行、洋行、商店、工厂等，竟有60%开设在英租界内。著名的大洋行中，大约有80%也都集中于英租界。

当然，还有一个重要原因，便是英国本身资金雄厚，财源丰富，他们有大量的钱来向本国租界投资。这些都是英租界兴盛远胜于其他租界的重要因素。

英租界的最高权力机构是纳税人常年大会。由纳税人常年大会投票选举出"大英市政委员会"。这个委员会一直被翻译为"大英工部局"。大英工部局的人员组成基本上以纳税多少为原则。居住在英租界其他国家的人也可以成为工部局的成员，但唯独中国人不行。因为中国人不能参加纳税人会议。居住在租界内的中国人不能直接置房，必须通过洋人"中介"，办理所谓的"挂旗"手续，即买房子的钱是中国人出的，但房主必须用一个洋人的名字。中国人与洋人间签有合约，即房产属中国人所有，由此洋人替中国房主顶名，挂此洋人国家的国旗，而中国房主每年支付他一定的"挂旗费"。如此这般地获得在租界里的居住权，中国人多少有些窝囊。但没办法，因为租界的生活环境、经济环境、教育环境以及治安环境远比华界要强得多。

而英租界的居住环境，说起来还要强于其他几个租界。英国人在界内明文实行三禁，即禁烟（抽大烟）、禁赌、禁娼。而英租界的巡捕房也有着最为苛刻的禁令条文。比方：马车、人力车在租界内行驶时，不得拉响铃；结婚或出丧仪仗队路经租界时，不得使用乐器；行人不得高声谈话或大声喊叫；肩挑负贩者不得走人行道；等等，违者一律拘罚。最有意思的还有，倒提鸡鸭之类在路上行走者，拘罚；马车夫套马不慎，擦破马皮者，拘罚；家庭卫生不合标准，情节严重者，拘罚。拘罚条款好几十条，可以细致到如此地步。当然，也有让中国人最为厌恶最为痛恨的一条：华人擅入江边草坪者，拘罚。

因为英租界的这些重罚和重奖（奖励那些能罚的巡捕）规则的严厉，以及其所雇用的印度巡捕的刻板，使之相对于其他租界，它的治安状况要好得多。因此，英租界在侨民中也最受喜爱。

5

用汉口现在的地名来划分,英租界的范围是南起江汉路北边
(花楼街口到江汉关一段不在内),北至合作路,东南沿长江,西北
至鄱阳街。这里曾经是汉口最热闹繁华之处,这份热闹和繁华一
直延续到现在。

世事如烟。当年的人与事,都随着时光流逝而去。唯有立在
街上的老房子,尚能唤起人们一点淡淡的记忆。这些老房子的经
济意义和建筑意义已所剩无几,它呈现给我们的更多是一种文化
的韵味。它们像是历史这张墙壁上最光彩夺目的一环,昏暗模糊
的历史因了它们的光彩,而隐隐露出它真实的内容——哦,这里
原来曾是英国人的租界呀。

二　传教士杨格非来到汉口

有时候,你不能不佩服那些为了上帝而远离家乡,不辞辛苦
地四处传播上帝福音的传教士。他们常常走在商人之前,在许多
偏远贫穷的地方,你都能看到他们倔强的身影。

传教士们当然不会漏掉汉口。

英租界划定三个月后,也就是1861年6月,英国基督教伦敦
会传教士杨格非来到了汉口。他是第一个来到汉口的基督教传

142

教士。武汉的基督教发轫日，便是从杨格非走下轮船一脚踏上汉口土地的那一刻算起。

其实，杨格非早在1855年就来到了中国。那一年，他二十四岁。带着他新婚的妻子，在海上走了四个多月，一直从春天的5月走到秋天的9月才踏上中国的国土。

杨格非于1831年冬天出生在英国的威尔士。在他出世的第八天，他的母亲便一病而亡。以后，杨格非便跟着他的姑母长大。他的父亲是一个工厂的监工，家境也颇是寒微。他十二岁就到一家店里当了学徒。这家店的主人十分器重他，很想培养他。但小小年龄的杨格非却对此毫无兴趣，他一心只想献身宗教。于是，他从十四岁起就开始布道。他非常擅长演讲，听过他布道的人都对他评价甚好，觉得他似乎天生就是干这个的。他十七岁时，父亲去世了，他的生活更加穷困。靠了亲友的帮助，他进了神学院，成为一个职业传教士。

走出国门，到异邦传教，这是杨格非很早就有的愿望。可他初始并未打算来中国，他想要去的地方是非洲的马达加斯加。只是在他决定去那个岛上之前，岛上的统治者正在赶杀传教士和基督徒，于是，他便被派到了中国。

杨格非来中国前夕，教会为他和他的同伴举办了一场欢送会。当个头矮小的杨格非去参加欢送会时，看门人却死活不许他进入会场。直到杨格非表明了身份，看门人才疑疑惑惑地将他放行,放行之后还忍不住大声说道:"你们怎么派个小孩子到中国去呢?"这个看门人怎么都没想到,这个"小孩子",在中国一待便是五十七年,成为著名的"街头传教士"和"华中宣教之父"。对传教士在中国的历史略有所知的人,都知道他的名字。

杨格非最先到的是上海。那时正是太平天国的时代。1853年,笃信基督教的洪秀全领导着他的太平军攻克南京,建立了太平天国。传教士们在太平天国初建时期纷纷到天京(即南京)访问。但是随着太平军的内讧和军事上的失利,从1855年到1859年间,传教士们不再去天京活动,他们似乎都在观望着、等待着什么。1859年,太平天国出现严重的内部分裂,洪秀全的族弟洪仁玕专程从香港到了天京,意欲辅佐他的兄长洪秀全。洪仁玕是一个真正的基督徒,他的抵达令观望已久的传教士们大为快意。他们再次一批批地到达天京。1860年的第一批人中就有杨格非。

杨格非到天京的目的,是要从太平天国首领处获取一份宗教自由的诏旨,完全准许传教士到起义者的地方居住和传教。杨格非直接向被封为干王的洪仁玕提出这一请求。结果他成功了。他获得幼天王以天王的名义颁发的"宗教自由诏旨"。杨格非还问洪仁玕:"这个诏旨是否把太平天国全部开放给传教工作?"洪仁玕说:"是的。但是他们必须遵守太平天国的法律,不可触犯'天规'。"

洪仁玕的出山,并没有给太平天国带去多少转机。1864年7

月 19 日,天京陷落。曾国藩率领的湘军经过长久围城,终于摧毁太平天国。而实际上,三年之前,人们便已对太平天国深感失望。杨格非不愿蹲在上海等待时局的演变,1861 年,他带着妻儿溯水而上,来到华中重镇汉口。

据说杨格非一到汉口,便认为这里是他最理想的工作区。他与比他晚到六个月的传教士郭修理爬到龟山上,眺望武汉三镇,两人指点江山,划分出各自的负责地区。杨格非和郭修理分属于基督教的伦敦会和循道会。杨格非的伦敦会负责长江一带传教,郭修理的循道会则负责汉江一带的传教。

1872 年,杨格非创办了一份刊物,用来宣传基督教教义。这份名为《阐道新编》刊物,每月出一期,它成为汉口有史以来的第一份月刊。1880 年,杨格非在汉口英国商人的支持下,以 2500 两白银,在后花楼居巷购得大块地皮,盖了一所能容纳 300 人的平房礼拜堂,取名为“花楼堂”。此后,他又在武昌的戈甲营和昙华林购地,修建教堂、医院和学校。当然,他们最主要的事情,还是不厌其烦地向人们传播上帝的声音。1868 年,杨格非在他的一篇文章里写道:“我现在有一种前所未有的感觉:长江与汉水的各地,已经归在基督的名下;至于那些散居在这两条壮丽江河岸边数以百万宝贵的灵魂,我愿为之生,为之死。”

杨格非在武汉整整住了五十一年,直到 1912 年杨格非才离开中国,返回他的家乡英国,而这一年他已是一个八十岁的老人了。回去没过多久，他即与世长辞。杨格非在他去世的前几年，说过这样一句话："如果上帝再给我五十年，我仍将都给中国。"听到这样的声音，我们真不知有着怎样复杂的心情。

1920年，英国伦敦会决定重新建一座礼拜堂。从1923年起，他们发起募捐，筹备建堂，并且成立了建堂董事会。初始募捐活动非常不顺，四年时间，只募捐到4000多块钱，离建造一座教堂所需要的费用差得太远。后来有人出了个主意，说1931年是杨格非的百岁年，盖一座新教堂以纪念杨格非，名正言顺。汉口的教徒们对杨格非有一种特别的崇敬之情，这个招牌一打出，很快便募捐到4万多块钱。

1931年12月，在杨格非的百岁诞辰日，新堂破土动工，翌年竣工。新堂占地面积为530平方米，全部造价为5.3万余元，建安营造厂修建，设计者不详。教堂虽为哥特式建筑，却既无欧洲教堂拔地冲天的派头，亦无西方教堂富丽繁华的外表。它一副朴实的样子，立在当年的云樵路上，静静的，不显山不露水，倒颇有一些中国人内敛含蓄的气质。礼拜堂的名字就叫作"格非堂"，以示饮水思源。格非堂的铭记中专门谈到杨格非，说杨格非"博爱无我，大智不骄。设医兴学，建局译经，终身壮志，救赎福音"，等等。

格非堂一经建成，便成为汉口最现代化的礼拜堂。

1938年10月，汉口沦陷。日本人进城后的第三天，格非堂便被强占为日本兵站，后又改为日本庙宇，并取名"皇民道场"，专放日本人骨灰。想想也真是让人别扭。这种状态一直延续到抗战胜利。汉口光复后,格非堂才重新回归教会。经过一番整修后,格非堂恢复礼拜,但这已经是1945年底的事情了。

1951年,格非堂改名"荣光堂"。此名来自《新约圣经》"在天上有和平,在至高之处有荣光"之意。弃"格非"而改"荣光",自是与杨格非传教士的身份有关。

迄今为止,荣光堂即格非堂仍是汉口基督教信徒聚会礼拜以及宗教活动的场所。它现在的地址是汉口黄石路29号,它依然朴素而安静。

三 洋行之王:怡和洋行

1

1827年,一个叫威廉·渣甸的英籍随船医生被他的雇主英国东印度公司解雇了。公司给了他两箱鸦片作为补偿金。长期随船走水的威廉·渣甸深知鸦片在中国的市场,于是他带着两箱鸦片到了广州。

这两箱鸦片为他获取的暴利令他看到了自己的前景。于是他将赚到的这笔钱作为定金,再向英国东印度公司赊销鸦片。就这样,来来往往了几年后,他的荷包一天天鼓胀起来,终于有一天,他发现自己已经发了大财。

1832年,渣甸和他的伙伴马地臣合伙开设渣甸洋行。他们在广州与十三行会馆签订了租赁东生行义和馆的租约。

"十三行"应为中国最早的洋行,它的称谓在康熙年间便出现了。当年洋商到了广州之后,他们的买卖只能够由清政府特许的行商负责,洋商在广州的一切起居行动也得由行商负责。因此,他们在广州时只能在行商修建的"夷馆"居住。当时中国的行商,在广州城外西南处建起了丹麦、西班牙、法国、美国、瑞典、荷兰等十三间"夷馆",专门租给洋商居住,故统称"十三洋行"。

渣甸洋行成立后,依然做着他们的老本行:贩卖走私鸦片。林则徐当年在广州禁烟时没收了2万多箱鸦片,渣甸洋行便占了7000多箱。理所当然,渣甸和他的伙伴马地臣被列入了中国驱逐出境的走私贩子的名单之中。

第一次鸦片战争后,渣甸洋行卷土重来,他们把洋行的总部移到了香港,同时将渣甸洋行改名为"怡和洋行"。

1843年,怡和洋行在上海开设分行,不久后又在其他20个城市设立了分支机构,除了继续从事他们的老行当走私鸦片外,同时也开展了丝、茶出口等贸易,尤其在上海与香港两地,它的业务范围涉及极广,除了经营航运、造船、公用、地产等之外,还与汇丰银行一起,组织"中英银公司",作为对华铁路和矿山投资的专门机构。怡和洋行一直是汇丰的大股东。1876年,英商在上海修建了一条长 10 公里的铁路,也是怡和洋行领衔做的,最后导致愚蠢的清政府竟掏一大笔钱将此铁路买下并清除拆毁。中国的好多事情,都跟怡和洋行扯到了一起。

到了 20 世纪初,怡和洋行实际上已经发展为一个势力伸展到中国诸多经济部门的大托拉斯,成为英国控制中国进出口贸易的重要垄断组织。用怡和洋行自己的话说,它所经营的中国出口产品,"网罗了从潮冷的南方"所产的各种各样"适合市场销售的土特产","只要中国什么地方有买卖可做,怡和就会在哪里出现"。因此,怡和洋行被人称为"洋行之王"。而它的创始人渣甸因为善于钻营,无孔不入,既机诈又强硬,则被人叫作"铁皮老鼠"。据说他的办公室从来不为客设座,有事找他,立谈而决,属于铁腕一类的人物。1839 年他返回英国,1841 年还当选了英国国会议员,但是只两年工夫,便在伦敦去世。他终身未婚,外甥女的儿子成为他的继承人。

2

1862 年,"洋行之王"怡和洋行在汉口设立了分行。它的行址在汉口沿江大道 104 号。

怡和洋行最初的业务以轮运为主,它有两条趸船。一条名叫"汉口",一条名叫"汉阳"。另有三艘名字分别为源和、昌和、吉和的轮船,行驶汉申、汉长(长沙)、汉宜三条航线。雄心勃勃的怡和当然不可能就此打住,它以极快的速度发展自己。及至清末民初时,它的业务就涉及汉口商事的各行业中。在贸易上它设立了进口部和出口部,如同其他洋行一样,它倾销西方工业产品,采购本地土特产、矿产原料,靠不等价交换在汉口淘金。除此之外,保险业、航运业、金融业、公共事业诸如此类,它也都四处伸手,一一涉猎。

至于汉口正处于兴盛时期的房地产业,怡和当然不会无动于衷。

怡和洋行在汉口的大班虽然是英国人,却起了一个中国名字:杜百里。杜百里在怡和供职三十多年,其中有二十多年是在汉口当大班。说杜百里是一个野心勃勃的人一点也不为过。杜百里最大的梦想是在汉口的英租界外,另行建立他的怡和租界。为了实现他的梦想,他在汉口当大班期间,到处买地建房盖楼,将他的势力范围尽可能大地扩展。在租界之外,怡和前后修建起了房屋百余栋,他专设了产业部负责经营,对外出租牟利。租期不少于一年,预付押租两个月。仅凭房租,怡和每年的收入也达 20多万。

1919 年,杜百里在俄租界内购地 1000 多平方米,建起三层高洋楼 27 栋之多。洋楼底层有汽车库和杂房,以及用人屋。二楼为门厅、客厅、餐厅,三楼则为卧室和书房等。屋内卫生设备齐全,还特别建有烤火的壁炉。房屋上下错落,高低有致,清水外墙,红瓦坡顶,带着一点点西班牙建筑的味道。这组建筑的设计者是德国人开办的石格司建筑事务所,施工者则是汉协盛营造厂。它位于黎黄陂路和兰陵路之间的珞珈碑路。一踏上这条安静的小路,便能看到这一组散发着异地气息的红色民居。行走在房与房相隔的小道上,很能感觉到这房子给居住者带去的那种平和宁静的人间情怀。

与此同时,杜百里在胜利街也买了地皮盖起了房屋。这是一幢造型怪怪的房子,它立在街头,颇为抢眼。它的外墙和屋顶都各行其是,绝不一致。墙面分成了三种,或拉毛墙,或清水墙,或麻石墙,屋顶亦或平或尖。这幢房子后来成了铁路局职员的宿舍。因住房紧张,人们在平台上乱搭建了些房间,于是这幢本来就颇为异端的房子,看上去就更怪了。

汉口三教街公寓的出名倒不是因为怡和洋行,而是因为1927年中国共产党在这里召开的"八七会议"。当时是苏联人洛莫卓夫住在这个名为"怡和新房"的公寓里,"八七会议"就是在莫氏所住的二楼的一个房间里召开的。怡和新房是怡和洋行1920年建造的高级公寓楼。这是一幢欧式建筑,共三层。拐角的楼顶上有一座嵌着大玻璃窗的圆顶塔,塔下的檐线上留有"1918"四个数字。但它的初建时间是1915年。很朴素、也很实在的一幢房子。当时开"八七会议"时,并不是一个平静的岁月,因此会议是秘密的。洛莫卓夫向前去开会的共产党领导人交代道:如果有人来问,就说是开股东会。去开会的人,零散着去,分批地走。去了之后,便不能外出,只能住在那里,饿了就吃干粮。现在的三教街公寓的地址是鄱阳街45-46号,"八七会议"纪念馆便设在原处。其他房间,仍然如昔,作为商店和住宅在继续使用着。

1920年,杜百里在西商跑马场西北方向购地9.9万平方米,在这块荒郊野地上盖起了一个别墅村。杜百里将此村命名为"怡和村"。怡和村中有花园一处和别墅洋房10多栋。村中建筑一般为二至三层,绿树掩映,亭台相间,款式各异,院落大小适宜。专家们说,这十几栋别墅在平面功能设计、立面造型以及材料的用法上无一雷同。总体自由布局,四周绿荫环绕。当时此属郊区,村外天地开阔,空气新鲜,远离噪声,是一处极舒适养人之地。

因购地有多,怡和洋行也能算计,他们将建村后所余地皮,悉尽租给农民种菜种粮,年年还可收回一笔钱来。

怡和村的居民大多为洋行大班以及领事馆官员,为方便这一干人的进出,怡和洋行还在村前修了一条马路,马路一直通到租界街。这条路便以怡和洋行的创始人渣甸的名字命名,叫渣甸路。这个路名沿用了很久,是汉口人十分熟悉的路名。

1955年,怡和洋行在汉口最终下旗关门走人。当然,杜百里走得更早一些,他最后一次离开汉口是在1947年。抗战胜利后,已经回到英国的杜百里重返汉口,他想在故地重新振兴因汉口沦陷而深受重挫的怡和洋行,但是时局已变,洋人们在中国耀武扬威的大势已去,杜百里完全无望重续他的梦想。所以杜百里将怡和洋行的码头、仓库、趸船等都租给了民生公司,将他的房地产也大部分出卖。这一年杜百里离开汉口后,就再也没有回来过。

现在的渣甸路也已改名为解放公园路。怡和村花园仍在,小楼仍在,只是主人已改。它现在的地址是解放公园路53号。

四 汉口的第一家银行:麦加利

麦加利虽然不是第一个到中国的外国银行,却是第一个到汉口的外国银行。今天说起麦加利,人们会觉得陌生,但说到渣打银行,人们的眼睛就会亮了。麦加利银行其实就是渣打银行,只是叫法不同而已。在麦加利银行进入上海之前十一年,一家名叫丽如的银行进入上海;之前四年,一家名叫有利的银行也进入上海,然后才轮到麦加利。

麦加利银行的创始人詹姆士·威尔逊曾经参与过英国对华侵略战争,他对远东,尤其对中国的国情当然有所了解。所以,当他在组织创办麦加利银行时,发起书明确宣告银行成立的目的,就是要在包括中国在内的远东广大地区进行金融活动,以适应英国日益扩大的贸易需要。而麦加利银行的股东们,也多是与东方的殖民地有着切身的利益。1853年,麦加利银行在伦敦设立了总部;1858年2月,银行开始营业,半年后,麦加利银行便在上海成立了分行。

其实，麦加利登陆上海的时间，到底是 1858 年还是 1857 年，我一直没有弄清楚。在我阅读的人民出版社出版的《中国近代经济史》一书中说，麦加利银行是 1858 年 8 月在上海开设分行；但同样是这本书，它引用了一本评论外国银行专著中的说法："只有到了 1857 年，麦加利银行在上海设立了一个分行的时候，外国银行才真正地开始扩展起来。"这里说的是 1857 年。我无从选择，便都如实照搬。

麦加利银行最初是以季节性方式来汉口营业。

汉口开埠之初，整个社会形态发生了变化，远距离的贸易往来也越来越多。但汉口的金融机构，却只有票号和钱庄。前者从事公私汇兑，不向外放款；后者从事银钱兑换和放款业务。它们远不能适应近代商业贸易之需要。在汉口的洋人要得到自己本国来的汇款，必须先通过上海的外国银行办理结汇，然后再转汇到汉口，这使得收款人要多付一笔汇费和电报费；更要命的是，如遇到汉口市面银根吃紧时还有汇率变动的麻烦。因此，在汉口的洋商们不停地呼吁银行来此地设立分行。

1863 年的夏天，汉口的茶叶盛市也到了。麦加利银行根据茶商们购茶春来秋去的季节性需要，派了一名英籍职员率数名华籍员工来到汉口。他们租下房屋，对外营业，向洋商们提供购茶贷款以及办理押汇等业务。

麦加利银行这个小小的行动,不仅拉开了外国银行登陆汉口的帷幕,也从此改写了汉口的金融史。

两年后的 1865 年,麦加利银行在英租界内购置下地皮,正式设立分行,固定营业。

麦加利银行虽然最早登陆汉口,但并没有呈现出天时地利人和的气象。它的路远不如比它晚来的汇丰走得顺利。汉口茶叶生意的萧条,使得麦加利蒙受了巨大损失。1867 年汉口洋行因茶叶投机而大批破产,把刚来汉口不多久,尚未完全立稳脚跟的麦加利牵连进去,以致麦加利不得不在 1875 年停闭,不得不从汉口这个华中地区的茶叶中心撤退。正是在麦加利败走汉口之时,汇丰银行进入了全速发展的黄金阶段。

但麦加利毕竟是有眼光的。他们对中国的业务有着充分的信心,他们想尽办法在中国挺住,并且想尽办法来扩大他们的地盘。它虽然撤出了汉口,却进驻了华南的茶叶中心福州。从 19 世纪 80 年代后,它非但业已完全恢复元气,甚至步入了一个全新的发展时期。1875 年停闭的汉口分行,又于 1895 年在原处重新开张。到了这个时候,所有在华银行中,只有麦加利有资格可以跟汇丰一拼高下了。

应该说说"麦加利"这三字的来由。

其实麦加利银行并不是完全的音译,而是因为当年它落户上海时,它的第一任总经理名字叫作"麦加利",于是这家银行便被叫作了"麦加利"。自此,它凡在中国大陆所开设的其他分行,也都叫了"麦加利银行"。待它到了香港时,便被译作了"渣打"。"渣打"可能是它相对准确一点的发音。渣打银行至今在香港依然名声赫赫,而麦加利在内地却全然不见了踪迹,只剩下几幢老旧的房子。

现在汉口的麦加利银行仍然矗立在洞庭街上。从它修建的1865年到现在,时光已过去了将近一百四十年,说它是汉口最老的建筑之一也完全说得过去。同后来修建的那些豪华气派的银行大楼相比,麦加利银行真的是不太起眼。它的建筑只有三层楼高,是典型的古典式建筑,朴素而庄重。它的半拱形门窗散发着淡淡的雅致,屋顶上小巧的四方斗形红色斜角塔在阳光下温馨而明媚,据说这也是英国古典式的。只可惜它的最下层被改造成门面,这门面将整幢建筑的漂亮破坏殆尽。

当年的麦加利银行而今是武汉市公安局一家机关所在处。它的地址是洞庭街41号。

五　汇丰银行来势凶猛

1

故事的时间当然得拉回到一百多年前。开头的人物还是一个英国人。

1864年的一天，一位中国译名叫苏石兰的英国人（他的英文名字叫Thomas Sutherland）在一艘邮轮上。海天空旷，海水无边无际，海岸线在遥不可及的地方。闲极无聊的苏石兰随意翻看杂志。杂志上有一篇介绍苏格兰银行传统的分析文章。苏石兰在阅读时，突然想象力激发，心绪也大开。他想，原来开银行赚钱这么容易，连政府也要对银行家敬畏三分，为什么我要经常坐着轮船漂泊在外，而不开家银行坐在家里等人送钱上门呢？

这是一个大胆的设想，而茫茫大海本来就是一个富于幻想的背景。

当然，苏石兰不是一个穷小子。穷人再怎么幻想，也想不到去自办银行。苏石兰是英国大英轮船公司的老板，他有数不清的钱财为他的想象垫底。

苏石兰想到即行动。他四处找英国洋行的大班游说，终于说服了他们中的十几个，我们熟悉的怡和洋行、太古洋行等都是他的董事和主要投资者。苏石兰共集资了500万港币，1865年便开始营业，同年在上海开设分部。1866年8月在香港注册，正式成立公司组织。当时的银行名叫"香港上海银行"。十几年后，一个华人买办找测字先生算笔画测凶吉之后，建议银行改名。改名后的银行便叫"汇丰"，取"汇款丰富"之意。这名字一经叫出，便是一百多年。

汇丰银行是第一个将总部设在中国的英国银行。苏石兰发起建立这家银行的目的,就是来赚中国的钱。当然,它的发起书并没有说得这么直白。发起书中说:"目前在中国的银行,只是总行在英国或印度的分支机构,它们的目的,局限于本国和中国之间的汇兑活动,很难满足本地需要……"

汇丰银行成立后的头十年,营业相当顺利,其增长的速度,高于其他外国在华银行,居于前列。1873年,由于中国对外贸易发生停滞,汇丰银行出现了一段低潮期。但此时的汇丰根基已稳,两三年后,形势便迅速开始好转,及至进入19世纪80年代达到高潮时期,盈利迅速上升,无论是扩展的规模,还是增长的速度,都让其他外国在华银行望尘莫及,连汇丰的创始人都感到诧异,他们从来没有料到汇丰竟会有如此之高的利润。它的势力强大到中国各地外汇市价和黄金价格要以汇丰的牌价为准。及至19世纪末,汇丰已经被公认为一家在全世界都具有影响力的银行了。

汇丰总行落脚在中国,它的活动中心亦在中国,那么在中国诸多城市开设自己的分支机构则是必然。

1866年,汇丰银行溯江而上,在汉口登陆。

2

汇丰选择了英租界四码头的一块地皮,即现在的青岛路口,在此建行营业。

汉口汇丰银行开业之时，因同是英人缘故，立即把海关的业务一把揽到了手。江汉关将其征收的关税全部存入汇丰，存到一定的时候，便以支付我国国债名义通过汇丰转账提走。这种无息使用周转资金，让汇丰占了大便宜。汇丰在汉口迅速成为最具实力的银行，海关为它垫了一个大底。当然，汇丰的成功，自有它的天时地利人和诸因素。但它的现代机制和经营方式，比之中国传统的票号和钱庄，更适应当时市场以及人们的需要。

最有意思的是，汇丰的存户除了外商洋行、公司、教会外，个人客户中数中国官商最多。原因一则是当时的时局混乱，豪门大户一遇风吹草动，便赶紧把现金存入外商银行，而汇丰牌子硬，派头大，因此吸收的存款为数最多。二则是一些贪官，将贪污得来的钱化名存入汇丰。因怕被人发现，故存款用化名，所使用的印鉴也是化名的。一旦存入后，家人大多不知，即使知道的也不知其化名为何。这种"无主存款"，渐渐便成了汇丰银行自己的家底。据传仅清末湖广总督瑞澄一人就化名在该行存款 10 万两，而陆军第八镇统制张彪亦有大笔钱款留在了汇丰。辛亥革命后，汇丰得了不少类似这样的意外之财。

这些不费半点劲得来的钱，成了修建汉口汇丰大楼资金的主要来源。

3

汇丰银行 1866 年初来时所盖的楼房只有两层，面向长江，并不很起眼。20 世纪初，在中国已经赚得钵满盆溢的汇丰银行决定为自己建造新的大楼了。沿江大道青岛路口紧靠长江，是一处再好不过的地址，因此汇丰大楼就在它的原址上拆旧建新。

大楼的设计者是上海汇丰总行派纳工程师，而营造者则是汉口著名的汉协盛营造厂。整个大楼占地 3591 平方米，总建筑面积 10244 平方米。主楼地上三层，附楼地上四层，地下均为一层。工程分为两期进行。1913 年，第一期工程开工，这一期主要是附楼的修建，1917 年竣工；第二期在 1914 年动工主体，因为欧洲战争缘故，不得不停工几年，到最后完工时则已经是 1920 年了。

汇丰大楼是汉口最典型的西方古典式建筑。它的沿江立面造型严谨对称，基座、房身、檐口形成明显不过的上下三段构图，左右展开划为五段，主入口由正中凸出。它的醒目，使大楼的立面具有明确的垂直轴线，确定了建筑的主从关系。西方 18 世纪流行一时的古典主义手法都喜欢这样。立面空廊的十根大柱全用麻石砌成，修长而又有力。柱头的卷涡纹图案，如同两只卷曲的羊角，定睛看去，这种精雕细凿的小细节又让雄伟高大的建筑在不经意间透出一点隽永和清秀的气息。源于古希腊的爱奥尼克柱式是西式建筑中最常见的，它们列在这里，除了令大楼给人庄重沉稳之感外,同时也大大丰富了大楼的体形,显示出它的强壮和力量。大楼的外墙由麻石一直砌筑到顶,花篮吊穗、火焰球等装饰浮雕点缀着檐部和墙面,它们让素朴的麻石突然间华丽起来。内廊以大理石镶嵌墙裙,室内正中的营业大厅用天井采光,穹窿一样的天井使得大厅有一种格外的别致。楼中夹有四座大银库,布局十分紧凑。屋顶上还有花园。

说汇丰大楼是汉口最漂亮最精致的建筑一点也不为过。它的内部装修也是极其豪华,据说除了砂石外,所有建筑材料及设置都由国外运来。纵使漂亮豪华以及舒适需要大量的钱财垫底,但对于资金雄厚的汇丰大亨们来说,这都是小事。他们对自用的大楼非常大手笔,只要堂皇只要华丽只要舒适,钱又算得了什么!更何况横空而来的"无主存款",半点工夫也没费,不用白不用。所以,汇丰为建造这幢大楼,大手一挥便是 150 万银圆。

4

汇丰银行虽然财力丰厚,却也有着自己沧桑的历史。自抗日战争开始,汇丰的业务便一落千丈。及至太平洋战争爆发后,汉口沦陷,日本人便没收了汇丰银行所有的财产,相关账册报表全都交给了横滨正金银行,而汇丰大楼则成了日军特务的办公所在。

1945 年抗战胜利,汇丰来人与汉口当局一同接收了汇丰行址和家具等,重新修整一番后开张营业。只是今不如昔,当年的辉煌已然不复存在。1949年汉口解放,汇丰停顿观望,想寻找机会重新出山。几个月后,他们在看不到任何前景的情况下,于1950年3月正式提出申请:停业。

而这幢豪华漂亮的汇丰大楼,初始交由我国花纱公司和房地产局使用,后又由大华企业公司接管。一度时间又做了湖北省副食品公司和武汉市商委的办公处。一直到1999年,光大银行出巨资买下了这幢大楼,并对大楼进行全面整修,整旧如旧,如此,这幢富丽堂皇的大楼今天才能像它以前那样,威风八面一派大家气度地屹立在江边。

营造商汉协盛在营建汇丰大楼的协议书上载明,这幢大楼的保固期是一百年,时至今日,汇丰大楼业已走过了八十一年的岁月。

六 飞地之一:西商跑马场

1

世界上最喜欢赛马的莫过于英国人。英国人走到哪里,就把他们喜欢赛马的爱好带到哪里。比方被英国人统治过百年的香港也热衷赛马,以至香港回归时,中国方面还得答应他们"马照跑,舞照跳"。

1861年英国趾高气扬地在汉口划地,盖好楼房住上人之后,便想要玩乐。最初他们看中的是租界迤东的荒地,即现在的兰陵路和黎黄陂路一带。不经中国官方的许可,他们自行辟出马道子和球场。随后,俄、法、德、日租界相继开辟,这块地划归了俄租界,英国人又把他们的马道子和球场修到了现在的复兴街昌年里一带。1902年,法租界扩展,又把复兴街昌年里一带扩了进去,于是,英国人又开始新一轮的策谋占地。英国人其实也是想借开办跑马场的理由,在租界外为自己占据更多的土地。这一次,他们把目光盯上了汉口东北郊的荒地。

1902年,在英国怡和洋行大班杜百里的主持下,他们以"四十文一方"的超低价格,从汉口地皮大王刘歆生手上买下了大片土地,而后又以"一二十文一方"的贱价,从农民手上强行购买了一些。按今天的汉口方位测定,这块地大约东起永清路,南抵解放大道,西连解放公园路,北邻惠济路。我们今天看到的解放公园只不过是其中的五分之二面积。解放公园在我们眼里已经算是超大公园了,可见当年西商跑马场的面积之大。

英国人买下这块本属中国产权的土地之后,向香港英国政府登记,便堂而皇之霸为自己的地盘了。其中的管理权、警卫权都操之于英国人之手,为了防止中国人通过,他们还沿渣甸路进口两旁,高筑了两道钢筋水泥的围墙,其结果也就跟租界差不多少。

2

西商跑马场的全称为"汉口西商赛马体育会",通常就叫它"西商跑马场",或"六国洋商跑马场"。六国指的是英、法、俄、德、日、比六国。说是赛马体育会,但它的影响不在体育,而在赌博,久之便很少有人提"体育"二字了,都只叫"赛马会"。初始时,这里一年中有半年泡在水里,跑马练马只能等到秋后水落。直到1905年张公堤完工,这里才摆脱了水患的侵扰,正式辟为跑马场。

西商赛马会产权归英国人所有,董事长是英国人杜百里。杜百里是英国怡和洋行的大班,他在怡和洋行供职三十多年,其中有二十多年都在汉口,所以,他有一个绰号叫"汉口王"。怡和洋行在中国素有"洋行之王"的称号,它曾经声称"只要中国什么地方有买卖可做,怡和就要到那里去"。怡和洋行的开山鼻祖是英国人渣甸,他在中国的绰号叫"铁皮老鼠",他的起家全然靠的是在中国贩卖走私鸦片。鸦片战争的爆发很难说跟这个家伙没有关系。

在渣甸创办的洋行中爬上大班之位的杜百里与他相比,也毫不逊色。杜百里在汉口为怡和洋行置办的房屋有100多栋,西商跑马场西北方向的怡和村就是他建成的。杜百里曾经还想在英租界外建立怡和租界,最终因1927年英租界的收回,杜百里的梦

164

想方被打碎。

对于这样的人，英领事自是十分赏识，所以，杜百里在汉口英租界内身负多职，甚至还是汉口市政府的参议。英国亦大肆褒奖他为英国所做的贡献，并由英女王授予勋位。在我初学英语的时候，老师曾经讲过一个关于要学好英语的著名传说。说是一个华人得罪了洋人大班，洋人大班表面上不露声色，却写了一张纸条让此华人送到巡捕房去。结果华人把纸条送到巡捕房后，立即被逮捕起来。原来纸条上用英文写着：此人犯了法，把他抓起来。华人不识英文，竟自己把自己送进了牢房。据说这个洋人大班，就是杜百里。

杜百里对中国人的傲慢是有名的。他除了跟几个买办、大亨打交道外，其他的中国人他不屑一顾。由他当董事长的西商赛马会会员亦都为洋人，中国人一律不得参加。非但如此，跑马场还到处竖着"禁止华人入内"的牌示。赛马场又是在汉口的洋人们聚会和社交的场所，凡有节假日，他们也会在此举办舞会招待会之类，但对中国人非常排斥，就连中国的富商甚至官员亦都不被接纳。数十年间，能到赛马会做客的中国人屈指可数，据说1928年，英国领事馆在赛马会上举行英皇加冕典礼，蒋介石、宋子文和吴国桢作为临时宾客被邀请过一次。其他人，几乎都没怎么听说。但是赛马时的马票是公开售的，他们热烈欢迎中国人前去购买马票。赛马会每年赛三次，每次七天，每天十多场比赛，每场收票款 3 万多元，马场从中抽成 15%。没有中国人踊跃买票前去观看和参赌，他们的钱又从哪里赚？

汉口有不少专业马贩子，他们每年从张家口贩运大批赛马到汉口来。马到后，首先由赛马会的会员选购。好马高达上千元，差马也要百元左右。挑好后，马主便将马放在赛马会的马厩里寄养，并负责训练。有一匹好马，就等于有了一棵摇钱树。杜百里有一匹名为"波斯顶珠"的马，每赛必胜，另一匹名为"飞狐"的马，也是胜多负少，这两匹马为他赚了不少钱。

3

西商跑马场占地面积有 800 亩，房屋建筑面积约 5000 平方米。除了跑马场外，还建有各种球场，如高尔夫球、足球、网球、马球、篮球、橄榄球（当时人们叫它青果球）、排球等。一球一场，会员可任意选择。据说在全盛时期，这里每天都有五六百洋人游戏玩耍。

跑马场内设有一座巨型看台。看台约有 2000 平方米，分为两层，底层为台阶式，上为平台，供中国人观看赛马，这里可容纳上万人。临近终点的公正亭旁边的场地是洋人观看处，有舒适的藤椅座位，四周用白色的木栅栏做标示，只许会员入场。中国人看赛马是要买票的，而洋人则是赠票。

在看台西边临近围墙处，是长排马厩，里面能容下 200 多匹马。距看台不远,有一酒吧间。酒吧下方还建有公正亭,亭子分上下层,上层供裁判监视竞赛全程,记录并决定胜负,下方则供摄影师拍照。

赛马会俱乐部是一组西式建筑,主楼上建有尖顶,俱乐部内有游泳池、跳舞厅等娱乐场所,同样也只供洋人使用,禁止华人入内。

整个西商跑马场工程的完成是在 1905 年。而跑马场全盛时期是 1925 年到 1935 年这十年间。每逢开赛日,争相前往观者,摩肩接踵。途中车马一定堵塞,而场内几无立锥之地,更谈不上坐下。万人喧哗之中,马场还要邀请汉口英国巡捕房的乐队前来奏乐,其热闹几可掀天。那时的跑马场不算赛马时的收入,日常玩耍每月的总收入都高达 4 万多银圆,如果是赛马期间,一天的收入即可达 20 多万银圆。如此掐算,仅一个西商跑马场,就不知道挣去了多少中国人的银子。

1938 年,汉口被日本人占领。初始,赛马会的产权依然在英国人手上,1941 年"珍珠港事变"后,日本人全盘接管了赛马会,所有财产都被没收,原有的董事会不复存在,新的董事长是日本人,而会员也只剩下日本人自己。与当年的盛况相比,此时的跑马场已然十分冷清。非但如此,半年后日军将之军管,跑马场便成了高射炮阵地,跑马场内战壕遍布,曾经驰骋在这里的马师的身影,也都换成了跑来跑去的日本兵。跑马场从此走向萧条。

1945 年日本战败,西商跑马场又成了关押日本战俘的集中营。直到 1946 年,英国人重新掌管了赛马会。其实到了这个时候,赛马活动全部停止了。此后就再也没有恢复。

1949 年,这块被英国人掠去达四十五年之久的土地,又回归中国。政府将这里的建筑分派给了五家单位。1953 年,政府用原跑马场马道子场外的 3.8 万平方丈的土地建设公园。1955 年 5 月 16 日,也就是武汉解放六年的日子,公园建成开放,政府为它起名"解放公园"。

原来西商跑马场的遗迹,只有在解放公园和它附近的解放军通讯学院、武汉歌舞剧院内,还能看到点点滴滴。

七　以修路的名义:越界

1

以洋人的心态,他们既已把自己的势力范围伸到了中国国内,你想要他循规蹈矩地安居于划定的界线里面,估计可能性不大。他既有野心把你的土地变成自己的领地,又何尝没有野心再把这片领地尽可能扩大呢?所以,所有的租界,几乎都做了同样一件事,那就是想尽办法扩展地盘,不择方式实施越界。

在汉口,这样占便宜的事英国人自然也不会放过。

英租界的西北边,有一大片水塘荒坟之地,这片荒地与英租界形成犬牙交错的状态。这是汉口著名的地皮大王刘歆生的土地。由于这片地不属租界范围,地形复杂,治安问题也很严重。当时的汉口人对洋人在自己的土地上耀武扬威非常反感,仇英情绪也从未减少。老百姓为了报复这些傲慢无礼的英国人,常利用这里的地形对洋人进行捕杀。他们采用的是最原始的报复方式,即在夜深人静时,乘人不备,扑向租界站岗的印度巡警,将之套住脖颈,背到水塘边,扔进水中。当时的说法叫作"背娘舅"。"背娘舅"的事情一起接一起地发生,使得租界内的英国人十分恐慌。

英租界工部局总办米勒对租界内的安全负有责任。于是,他找到了刘歆生,想要与刘协商共同解决。

2

在汉口,刘歆生是个大名鼎鼎的人物。汉口当年盛传,刘歆生见到民国元首黎元洪时,对黎元洪说:"都督创造了民国,我创造了汉口。"似这般接近狂妄之语的话,也只有刘歆生才说得出口。

其实刘歆生也是苦孩子出身,他是东西湖柏泉刘家嘴一户农民的儿子。小的时候,他常常划着小划子在汉口城堡外的湖荡子里替人放鸭。那时还没有修张公堤,湖水一直漫到城堡的墙根下。刘歆生赶着鸭子四下转悠,哪里的洼地夏天涨水,哪里的湖

169

水雨季泛滥,他都了如指掌。

刘歆生的祖父和父亲刘作如都信奉天主教,刘歆生长大之后,自然也入堂奉教。在长期与神父和教友的接触中,刘歆生很快能说一口英语和法语。因为与教会的关系,刘歆生进了汉口的太古洋行打工。他从练习生做起,写字、跑街、干杂役,月薪有十两纹银。从这十两纹银起步,刘歆生开始了他在汉口商场打天下的历史。

1899年,刘歆生满二十四岁。这一年,法国立兴银行在汉口开业,要物色中国商人为其充当买办。几乎没费什么周折,刘歆生一举成为立兴洋行汉口分行的买办。他的运气还不止于此。法国东方汇理银行在汉口物色买办,竟又相中了刘歆生。从此,他的事业便如日中天。

有一回,刘歆生去教堂,听到教徒们在预言汉口的市场将来必有大前景,而四周的地皮也会因市场的发展大涨其价。刘歆生得到启发,他把自己赚来的钱,全部用来买地。沿着卢汉铁路两边的湖地,无论面积大小,刘歆生几乎是见卖就买。买得自己的钱都不够了,他亦不顾利息负担,宁肯向法国东方汇理银行贷款也要买下。那时候,张公堤未修,汉口堡未拆,城外皆湖沼和洼地,城内亦尽水凼和土坑。因为地势低洼,下雨便积水,陆地常常就是湖,农民无法种植,所以觉得不如卖了省事。这样的劣质土地,对它们感兴趣的人极少,因此价格也就格外低廉。刘歆生买地时,因地已成湖,他便先在四界立上旗杆,然后撑着小划子,以划桨次数为计量单位,一片一片地将土地的主人改为刘姓。几年时间内,他前前后后收购了上至舵落口,下迄丹水池,西至张公堤(当时堤还未修),南至租界,共 60 多平方公里的湖淌地。1901年刘歆生就成立了填土公司,他开始将买下的那些湖沼和低洼地填实。

这期间,张之洞要修后湖堤,刘歆生自是极其拥戴,因为这堤修好,他的地价将成倍上涨。因此,当张之洞修堤的钱不足时,刘歆生慷慨掏出 50 万银两给张之洞。整个工程需用银两 80 万,他刘歆生一人就给 50 万,你当他是如此热衷公益事业?当然不是。大堤一修好,他在堤内的土地全部升值,其所获的价值,又何止这个 50 万。

1905 年,张公堤修好后,堤内涸出的大片土地几乎都成了良田,而这些土地的四分之一都属于刘歆生。1907 年,汉口堡拆除,原有的城基改修为后城马路,刘歆生所拥有的城内外的地皮虽然尚是湖淌和土坑,但市区向外扩展的趋势已经十分明确,它们的前景业已相当可观。

毫无疑问,这时候的刘歆生已经成了汉口名副其实的“地皮大王”。

当时汉口有句俗话,叫作“六渡桥是陷人坑,水塔外叫鬼摸头”。但在刘歆生的填土公司努力下,以十年时间,将他所有毗连相邻的洼地土坑都依势填平了。当这些土地达到屋基标准后,刘歆生便将这些地皮予以开发。按地区和街道的地势和方向,他修建了大量的房屋,或铺面,或住宅,然后出租与人,自己收取租金。从江汉路胜利街口起,至铁路两旁的铺屋以及生成里的全部建筑,都是刘歆生投资所建。这时候的"地皮大王",无疑已经成为一个房地产大王了。

3

当英租界工部局的米勒找刘歆生时,刘歆生也正在为如何把这片荒地变为熟地而发愁。刘歆生大片的土地都是水洼之地。他在张公堤修好之前买下了这些地,张公堤筑成后,他的地皮价格飞涨,这使得他成为汉口最大的地产商。张公堤下的地皮几乎是靠填土填出来的。而要想把英租界相邻的这块地填实,却不那么容易,连用来填洼填塘的土都不知道去哪里解决。偏在这个时候,米勒找上了门。

米勒表示如果刘歆生想要土地尽快升值,就必须把这片洼地填实加高。而租界内有大量的煤渣,可用来填土。但有条件,那就是洼地填高之后,要将它纳入租界范围内,工部局将在这里修一条马路。

面对米勒的条件,刘歆生亦提出了条件,那就是路修好后的剩余土地,产权仍归刘歆生所有。这是互惠互利的事,双方都占得便宜,米勒又何乐而不为?因而米勒也很痛快地答应了这一条件。

最后两人形成的协议是:英租界工部局将租界内的煤渣运到荒地一带,供给刘歆生填地。而刘歆生自愿将已填高土地的一部分纳入租界范围,由工部局在此建筑马路,筑路剩余的土地仍归刘歆生所有。

对于刘歆生来说,这件事的最大意义是:填土时的江汉路,每平方丈为50两银子,填土后的1915年便涨到了一平方丈200两银子,及至1917年,才不过两年工夫,地价又翻了一番多,为一平方丈1000两银子。米勒的这个主意,让地皮大王刘歆生又发了一笔大财。而对于英租界的意义则是:他们在填好的土地上修建了两条马路。一条是扬子街;另一条,英国人为哄刘歆生开心,特报请英国女王批准,以刘歆生的名字命名,起名"歆生路"。他们在几个与华界相连的路口新修起了栅栏,又派出巡捕进行管理,而且立即开始征收位于华界一侧居民的巡捕捐。越界筑路使英国人凭空地将其界址扩大了三分之一多。

这条被命名为"歆生路"的越界道路,后来与另一条"太平路"合二为一,并以江汉关为起点而被命名为"江汉路"。命名的事情发生在1927年,正是在这一年,中国人一举结束了英国人在汉口经营了六十六年的租界历史。当然,这是另外的一个惊心动魄的故事。

江汉路因为英租界的缘故,也因为这条路上集中着一批充满西方情调的老房子,集中着密密麻麻的商店,因而成了汉口最著名最热闹的道路,这份著名和热闹一直延续到现在。

八 英租界的结局

1

1926年的岁末,武汉似乎正经历着它历史上前所未有的狂欢和喜庆。欢笑夹着呼喊,演说带着口号,阵阵而来的喧嚣几乎淹没了整个三镇。

北伐战争胜利了。对于十五年前向帝制打响第一枪的武汉来说,这胜利就意味着武汉的胜利。因了这胜利,这年的年底,国民政府从广州迁到了汉口。矗立在六渡桥上的南洋大楼旋即成了国民政府办公机关,这使得多少年来都被商业气息所笼罩的武汉转眼成了国都所在地,成了中国政治文化的中心。这个突变,令武汉市民一直处于兴奋的状态。

元旦穿越了寒冷,如期而至。

为了庆祝北伐胜利,位于武昌的中央军事政治学校政治科的学生组成宣传队,在元旦期间,连续三天走上街头,向民众进行宣传演讲。

中央军事政治学校是 1926 年北伐军光复武汉后,为尽快培养自己所急需的政治、军事干部而成立的学校,有专家说它便是武汉的"黄埔军校"。校址利用的是张之洞时代两湖书院的旧址。起先它只是一个政治训练班,后来改为政治学校。除了黄埔第五期政治科学员移往武昌就读之外,同时还面向全国招收新生,其规模和气派都很够大。正如 1936 年出版的《中央陆军军官学校史稿》中所说:"武汉分校规模之宏大不亚于黄埔本校,有男女学生及入伍生 6000 余人,实为中国腹部武装革命势力之大本营。"

1927 年 1 月 3 日这天,中央军事政治学校一群豪情满怀、血气方刚的青年学生,由汉阳门乘船过江来到汉口。他们登岸后,立即在江汉关码头附近的沙滩上展开了演讲。天气虽然冷,但燃烧着革命热情的年轻人却热情如火。他们激昂的声音穿透寒冷,向四方散发着。很快便有人围集起来,尤其附近的一些海员和码头工人围拢得最多。听者与说者一起振奋着。

这片沙滩是华洋交界之地,英租界近在咫尺。那英租界的印度巡捕在中国也是威风惯了的,何曾见过中国人在自己眼皮下如此狂欢过。尽管这边的秩序很好,巡捕依然冲过界来,意欲驱散聚集的人群。

学生们正值情绪高昂之际,听众们亦正听得津津有味之时,哪里会理会英国巡捕的干涉,更何况,他们是在自己的土地上,他们想做什么根本与英租界无关。然而料想不到的事情却发生了。

停靠在英租界江面上的英国军舰上的水兵,突然持枪荷弹冲上了岸,试图用武力来阻止演讲活动。

暴力事件的发生便不可避免。一方是手无寸铁的中国学生和老百姓,一方是持枪携刀的英国军人。在如此不对等的情况下,流血的当然只会是中国人。一个叫李大胜的中国海员被刺倒在地。他腹部被戮,肠随刀出,血流如注,当场毙命;另有二人亦被刺中,命在旦夕。此时为刀刺所伤的码头工人和海员以及市民百姓达 30 多人。

英国人殴打屠杀中国人的消息立即向四周传了开来,拥向现场的人越来越多。人们看到遍地的鲜血,看到死伤的同胞,激愤之情立即就控制不住了。他们冲进英租界内,抗议,示威,口号喧天,几与英国人发生更大的冲突。而在此之前,因北伐军攻克武汉,英租界在租界周边筑起了沙包街垒,设置了层层电网,他们的海军陆战队沿江摆开了阵势,界内的义勇队亦全副武装日夜巡逻。

面对愤怒的中国人,英军又在江汉关和日清洋行的楼顶上架起了机关枪,英国海军也陆续登岸,泊在江中的美国军舰朝北岸移来,而其他租界的洋人义勇队亦纷然乘车赶来声援。更大的流血事件一触即发。此时对峙的双方,一面是源源而来的手持刀枪的洋人军队,一面是越来越多的赤手空拳的中国百姓。

中国官方人员即国民党特别市党部的代表赶到了现场。他们站在英国人垒起的沙包上，力劝怒火中的中国人暂忍一时之气，先撤离英租界，以避免更大的流血发生，并承诺一定向英国人讨回公道。

一直僵持到夜晚的群众，在此劝阻下方渐渐散去。

当晚，国民政府外交部长陈友仁便向英国驻汉口领事葛福提出口头抗议，并限令英国水兵返回军舰，撤走义勇军武装，租界交中国警方接管，否则后果自负。

及至1月4日，也就是惨案发生的第二天下午，工人群众拥入了英租界。他们见到沙包街垒就毁，见到电网就拆，见到英国的米字旗就扯烂，英国人立在街上的欧战纪念碑也被拆除。在英租界江边的长凳上，钉有这样的告示牌："长凳供欧洲人专用，中国人不准坐。"进去的中国人偏要坐在那长凳上。

英国海军见此状再次离舰登岸，但现在他们也明白倘若在中国人的火头上轻举妄动的话，倒霉的也只能是他们自己。虽然停泊在他们背后的长江水面上西方舰船达53艘之多，虽然那些立场与英国人一致的军舰将炮口都对准了汉口，但是此时的英国人却只是在江边拉开了作战的架势，断不敢轻易冒犯。毕竟，此时的英国和此时的中国，与两次鸦片战争的时代相比，都发生了巨变。

中国的民众直到夜里方渐渐退出英租界，而此时，中国军警三个连业已正式开入英租界维持秩序。应该说，此时英租界的管理权已经回到中国人手上。

2

被英国人的霸蛮行为激怒的中国人，愤怒之火仿佛将整个武汉都燃烧了起来。原本有的反英情绪，此刻亦汇成掀天的浪潮。仅仅让中国军队进入英租界当然是不够的。武汉老百姓受了英国人多少年的恶气，仇恨早已憋成了火药，此刻必定要迸发而出。收回租界，自然是人们最大的心愿，也是最响亮的口号。

1月5日，武汉农工商学各界市民全部罢市、罢工、罢课、罢业。30万人的对英大示威在汉口济生三马路举行。示威的民众团体提出了包括收回英租界的八大办法，要求政府即刻向英领事提出并限其必须在72小时内回答，否则便自动封锁英租界，实行对英总罢工。这真是一次意欲与英帝国主义决一死战的大示威。武汉人从来没有这样齐心齐力过。而政府也前所未有地站在了民众的一边，接受了这八条办法。面对如此声势、如此怒潮，英国人再凶狠再野蛮，也不能不吓得心惊胆战。

在这一天，英租界内的各洋行以及汇丰银行都完全停业。昔日耀武扬威的洋人们纷然携带钱财细软，逃到了停泊在江心的英轮上。租界的巡捕房变成了进驻英租界的中国军队的办公地。所有的英租界的治安，都由中国军队维持，军队由党代表指挥，党代表则听命于外交部。事权统一，上下有序，英租界一时混乱的秩序很快恢复。租界华界遍贴外交部长陈友仁的布告。布告说所有界内中外居民的生命财产,概由国民政府完全保护。

武汉的局势稍加稳定后,艰难的谈判便开始了。全面负责与英方谈判的自然是国民政府外交部长陈友仁。只要谈及收回英租界,陈友仁便是一个不能不提的人物。

说来这也是一段奇人奇事。

陈友仁的父亲曾经是太平天国的军人。没有记录表明他什么时候离开中国,又辗转了多少地方才抵达了他后来择定的安居之地:美洲的特立尼达。1878 年,陈友仁便出生在这个小岛国的南方重镇圣费尔南多。陈友仁的父亲想必也是个见多识广、精明能干之人。他在特立尼达不多久,便打开局面,很快积累了可观的财富。中国人的传统是看重读书的,因此,他把子女全都送出去读书。陈友仁在英国接受教育,毕业于圣玛丽学院法律系,二十一岁时,便有了自己的律师事务所。他是特立尼达的第一个华人律师。因了这份成功,他的财富也日渐增加。他拥有几个种植园,并且还买下一块油田,说他是海外巨富一点都不错。

但是这个富有的人却也是一个理想主义者。他虽在海外,一颗心却牵挂着中国。1911 年,他离妻别子,回国参加了孙中山领导的革命运动。1916 年经人介绍,他认识了仰慕已久的孙中山并成为孙的助手,矢志追随孙中山闹革命。及至 1920 年,他革命得更加彻底,将自己的巨额家产悉数变卖,且将所得款项全部赠给了孙中山的革命事业。在孙中山去世后的 1926 年,陈友仁出任了广州国民政府的外交部长。

最最有意思的是,这位中国的外交部长居然不会说中国话,这在中国的外交史上也是唯一的。

3

陈友仁虽然不会说中国话,却精通英文和西方法典。凭着渊博的知识和过人的智慧,以及对洋人心态的熟悉,陈友仁在同英国人的谈判中,态度非常强硬。最初的时候,中方对最终能否收回租界并没有把握,毕竟长江的水面上泊着西方国家的联合舰队,倘若他们发动突然袭击,武汉的局势将十分危险。据说陈友仁派他的儿子陈丕士带了几个人,携带着电话住在江边的几幢楼房里,日夜监视江面动静。还据说,陈友仁还交给洋务工会一个任务,就是让那些替领事馆做清洁的工人,每天把领事馆办公室的纸篓拿到外交部去,以便让外交部的工作人员分析情报。情报也的确从诸多渠道传来:西方各国亦矛盾重重,在这件事上,他们不支持英国。与此同时,九江也发生了中国人的示威游行,同样喊出了收回英租界的口号。在此背景之下,陈友仁的态度也就更加强硬,而且,收回英租界立即就成为可能性。

英租界已经恢复了昔日的平静。一天,英国总领事与英军舰队司令要求拜见陈友仁。陈友仁接见了他们。英总领事表示,现在英租界已经恢复常态,英方打算让英国平民回到他们的住宅去,而英方当局将继续管辖租界。陈友仁说,一个新的局面已经出现,那就是英国政府已经放弃了租界,所以租界的管辖权已经还给中国了。英国总领事大惊,立即抗议说,租界是以什么方式归还给中国的?陈友仁说,根据你们自己习惯的原则,由于你们国家的人都从中国前政府租借给你们的这一地区撤离了,在这块领土上,你们没有留下一个人足以表明甚至是象征性地占有,显然你们已经放弃了这个地区。作为法律上和事实上的中国政府,我们已经恢复了这块领土的主权。英总领事一时瞠目结舌,只能表示需要回去好好考虑考虑。这段传说,在民间流传至今。

而事实上,中英为租界一事谈判,前后进行了十六轮,你来我往,互不相让,也算是艰苦至极。此时的英国,在华势力已然消退,它无法像以往那样凭着武力维护那些在中国的国中之国,而在中国,两次鸦片战争的耻辱,使所有的中国人视英国为中国革命的头号公敌,民众意欲冲击英租界的态势一触即发。反观英国人,在这种几欲爆发的局势面前,依然毫不检点,依然以傲慢之态欺负和凌辱中国人,甚至满不在乎地挑起事端,使之成为中国人反英情绪大爆炸的导火索,自 1840 年以来一憋便是八十多年的恶气,此刻终于得以发泄。陈友仁顺应了民意,迫使英方节节败退,终于不得不同意中国收回英租界。

1927 年 2 月 19 日,陈友仁与英国驻华公使馆参赞欧马利签

181

订了《收回汉口英租界之协定》，从而一举结束英国人自 1861 年开始在此盘踞了六十六年的历史。

　　顺便再说一下陈友仁。"四一二事变"后，陈友仁曾与宋庆龄等联名签名谴责蒋介石背叛革命，之后，他以赴日内瓦出席国际联盟会议为名，随宋庆龄一起秘密离开武汉，转道上海，经海参崴而至莫斯科。1931 年他再次出任国民党政府外交部长，又因主张抗日，被迫去职。1933 年李济深等人在福州成立"中华共和国人民革命政府"，陈友仁又被任命为外交部长。这是一个短命的政府。陈友仁经历此次失败后，便去了香港。自 1938 年起，他便闲居于香港。日寇占领香港后，陈友仁被拘捕，并软禁于上海。1944 年，在软禁中积愤成疾的陈友仁病逝。

　　在北京八宝山革命公墓，专为陈友仁立了一块纪念碑，以纪念他为中国人民做出的贡献。他一生中，所做的最重要也最有影响力的一件事，便是以他的智慧和胆识，顺利地从英国人手中收回了汉口的英租界。

最短命的租界——德租界

一 德国人来了

这个世界说到底是一个弱肉强食的世界。所以,近代史上的一切话题都得从中国吃了败仗说起。

1895 年,中日的甲午海战,结果是众所周知:中国人败在了日本人手下。胜败已成定局之后,双方自然要坐下来谈媾和条件。气焰嚣张的日本人摆出一副打赢了便是老大的派头,觉得他现在可以任意宰割中国了。于是,在他们的媾和条件中要去了台湾和澎湖列岛且不说,甚至连辽东半岛也得割让与他。这几乎是将东北最富裕的地方全部掳去。吃了败仗的中国、无能的中国在此时刻,完全没有招架之力,于是,被迫签下了《马关条约》。

小日本这一手下得太狠,狠得令西方其他诸国亦感到了不安,尤其是在辽东半岛上有着自己利益的俄国。俄国在相当长的时间里,一直企图独霸中国的东北,他何尝愿意让日本人先上前来抢分一杯羹?于是俄国串通了德国和法国,三国一齐跳了出来,不准日本人将辽东半岛割去。日本人敢在中国这个败将面前大耍威风,却不敢贸然得罪西边的洋人。无奈之下日本被迫接受了俄、德、法三国的要求,将已经到手的辽东半岛又退还给了中国。

处于软弱无能时代的中国,好不容易借了西洋鬼子之力,搞掂了东洋鬼子,将辽东半岛失而复得。但是帮了中国大忙的西洋鬼子,又何曾是省油的灯,接下来他们便居功自傲,以干涉还辽有功,又向中国提出他们的要求。

德租界在汉口得以开辟,就是在如此背景之下。在汉口开辟德租界,即是德国的要求之一。面对如此要求,中国政府除了无奈只有让步。

1895年10月,秋高气爽,云淡天青,这是武汉最好的季节。德国驻上海领事施妥博来到汉口。3日,他与湖北汉黄德道兼江汉关税务监督瞿廷韶签订《汉口租界合同》。

自1861年3月英国人巴夏礼在汉口签订了《汉口租界条款》,开了汉口租界的先河之后,三十四年来,英租界一直是汉口独一无二的租界。其他洋人来汉口做生意,多是把洋行开在英租界内。1865年,法国人曾经从清政府处得到英租界以下城垣内土地让与权。但当时的法国正烽火四起,一来为侵略印度支那的事正忙得厉害,二来国内的巴黎公社革命已经自顾不暇,以至于遥远的汉口这块小小的地皮便成了一粒可以暂且放下的芝麻。在这里,他们除了建成一个法国领事馆外,其他什么也没有做,甚至连合同都没有签。为此,法国人在汉口的租界有名无实。

现在,德国人来了。德国人反而走在了法国人的前面划定了租界的范围。德租界的开辟,一改英租界在汉口形影相吊的局面,而成为汉口第二个租界。

二 德国人划出了汉口第二租界

其实,德国人并非1895年才来汉口。英国人来过不久,德国人便也跟着登陆武汉了。早期来汉口的德国人主要都是工商业人士,开办洋行。德国的美最时洋行便是1862年在汉口落脚的。只不过相对英国人,德国人要少得多,及至1891年,在汉口的德国人掐指算来也只有十五个人。人少事少,所以德国在汉口的领事业务,长期以来都一直由英国领事代办,有时也让瑞典和挪威的领事兼管一下。甚至租界开辟之后,也一直维持着这种局面。直到1898年,德国才派一个叫禄理玮的人来汉口领事馆做领事。

1864年,太平天国失败后,捻军与清军继续作战,战事危及汉口。汉阳知府钟谦钧恐怕汉口遭到捻军攻击,决定在汉口后湖筑堡。汉口的老百姓也恐惧战争,纷纷捐钱集资,集资款达20多万。汉口堡上起硚口,下至现在的一元路,全长11华里,如偃月形环绕袁公堤外。堡基木桩密布,堡垣红石层叠。汉口堡在抵挡战争的同时,也抵挡了来自东西湖、后湖方向的水患。堡内低洼地渐被填平,汉口的城区因此而扩大,此时已来汉口三年的英租界被圈在了城堡之中。

第二块租界——德租界又将新辟。时任湖广总督的张之洞说:"如所请地段与民居无碍,似开允许,以示怀柔之意。"虽是怀柔,但清政府却不愿意在汉口城堡内再出现一个租界,于是他们将德国人的界址规定在城堡外的沿江一带。合同规定:"在汉口市场英租界以下设立租界,其前面在通济门外,自沿江官地起至李家冢,计长三百丈,深一百二十丈(江堤目下仍有大水)","永租与德国国家,由德国官员尽速将地基从华民租给洋人"。这块地以今天的地址看,大约便是西南抵一元路,北抵六合路,东南抵长江,西北抵中山大道。总共600亩土地,每年交钱粮121两3钱2分。

德国的领事馆,便修在该租界的江岸街,1895年由法国工程师韩贝礼设计兴建。这是一幢两层楼的房子,建筑面积约有3000平方米。有意思的是,德国人在领事馆屋顶上装了一只镏金鹰国徽,他们将鹰头朝着长江南岸的湖广总督署。

无论是英国人还是德国人,汉口百姓对洋人占一片地盘自得其乐总是很反感的。所以，1897年德国驻华公使海靖坐着军舰来汉口，当他及随员离船登岸时，汉口的老百姓即与他们发生冲突。老百姓也不管三七二十一，管你是公使还是随员，捡了石块便朝他们扔掷。德公使气得够呛，立马照会汉口官府，要求对闹事者予以严办。还是那句话，官怕洋人。汉口官员不敢得罪德公使，立即抓人。对抓来的八人进行了"杖责枷示"的惩罚，这且不说，又责令江汉关道向德方赔礼道歉。

不知是否这一件事对德国人产生了影响，或是本来他们就打算这么做，总之，这一年德国人在汉口建立了德意志义勇兵集会所。

1906年，德租界仿英租界设立工部局。他们对租界的管理以及权限也与英租界大同小异。工部局设在今之胜利街以西和二曜路以南的交角之处。时过境迁，这地方后来一直是武汉公安局户政处的所在地。

三　清静舒适的德租界

与繁华的英租界相比，德租界境内并没有太多的洋行和银行大楼。一则是因为德租界到底出道得晚一些，早来的洋行已经在英租界立足；二则也因为这里距闹市又稍远了一点，当时的交通远不如现在这么便利，交通工具也远不如现在这样快捷，远个几里路,就远出许多麻烦,尤其对商人来说,距离就是金钱。这样一来,远离了商街和闹市的德租界,它的清静便显得十分突出了。

德国人是一个极讲秩序的民族,什么事情都一板一眼,规划有序。同时,他又是一个爱洁成癖的民族。德国人一向对自己的住房要求甚高,而对自己所居住的环境质量亦要求甚高。就算远居异国他乡,刻板的德国人对自己的喜好也绝不改变。曾在德租界住过的老人们都说,德租界跟汉口其他几个租界相比,正是以它的环境幽雅,四处打理得特别干净而著称的。也因为这个优越条件,德租界便成为富人们所喜欢的居住地。那些洋行买办、达官显贵、军阀政客、富商大贾都喜欢在这里购房居住。

当然,德国人的拘谨和古板也是相当有名的。纵是如此,德国人在汉口还是为自己建设了娱乐的场所。德国人在铁路外一个当年叫鸭蛋壳、现在叫亚单角的地方修建了网球场。他们还在球场的北边修了一条马路,并给这条马路起名"球场路"。这个路名一直沿用到今天。这便是汉口人几乎都知道的球场街路。尽管在汉口的德国人并不多,但他们在租界里还是修了属于他们自己的"波罗馆",专供生活在这里的德国人娱乐。当然,其他国籍的洋人想要去玩,也尽管自由进出。只是,中国人是不准入内的。哪怕你已跻身上流社会,只要你的面孔显示出你的中国国籍,你就会被拒之门外。有时候想到这一点,真觉得洋人的可恶可恨。

与其他租界不同的是,德租界的道路喜欢用两套名字。对外,他们按中国人的习惯来命名;对内,他们则用德国人习惯的方式命名。不似其他租界,无论内外,或用其本国著名人物,或以其本国洋行名称,或按其本国的风俗习惯,来对界内的马路和街道命名,绝不考虑中国人是否容易接受这些名字。

最著名的是德租界有六条彼此平行、皆垂直于长江的街道,六条街都分别通向德国沿江的六个码头。德国人将这六条街名都选用了中国人喜欢的文字。通往德国一码头叫皓街(德国名字却叫奥古斯都街),通往德国二码头叫福街(德国名字叫维多利亚街),通往德国三码头叫禄街(德国名字叫乌特森街),通往德国四码头叫寿街(德国名字叫民恩街),通往德国五码头叫宝街(德国名字叫夏特罗街),通往德国六码头叫实街(德国名字叫多罗逊街)。皓街是德租界与法租界的分界线,实街则是德租界与日租界的分界线。德租界收回后,成为特别区,1922年这六条街按照德国六个码头的序号重新命名,这就是武汉人格外熟悉的一元路、二曜路、三阳路、四唯路、五福路、六合路。

我原来总弄不清,为什么街道的序号取到"六"就没有了。现在方知,这六条路是扣着德租界六个码头的数字而来。德国人为道路如此命名的方式,倒让汉口多出一段关于路名的趣话。

四 说说美最时洋行

在汉口的德国侨民大多是商人。他们在这里开洋行赚钱。德国人的洋行跟英国人也差不多，他们在这里收购土特产原材料出口其国内，然后再进口西方一些现代的东西。比方德国的礼和洋行便是靠一根缝衣针在中国打天下的。礼和洋行在汉口算是一家有名气的洋行，另一家捷臣洋行也在汉口混得不错。但是名气最大，来得也最早的是美最时洋行。

汉口开埠不久，便有一个名叫密斯汀的德国人登陆汉口。他在这里收购一些原材料，比方牛羊皮、芝麻、药材、烟叶等，将这些土特产品运到德国，卖给美最时公司。创立于1806年的美最时公司是一家综合性商行，它的总部就设在柏林，分支机构则遍布世界许多国家。当年的美最时公司就像当年的欧洲人一样，野心勃勃，一旦发现中国这么好的市场，当然不会放过。密斯汀生意做大了，于是投资加入了美最时，并在中国设行经营。美最时的中国总部设在了上海。1861年英国刚在汉口开辟租界，第二年美最时便在汉口落下户头（有一说美最时于1861年即在汉口设下了分行）。美最时在汉口的分行主要经营土特产出口，为此它在汉口开设了不少加工厂，比方芝麻厂、蛋厂、牛羊皮厂之类。它的进口业务涉及面就更广了，包括军火、钢材、五金、机械、光学材料、药品、化工原料,等等。凡西方近代所创造的新型材料,似乎与美最时公司都有关系。第一次世界大战爆发后,美最时洋行的德国人都被召回国,其所有财产托荷兰总领事馆代管。大战结束,《凡尔赛和约》签订,德国人卷土重来,尽管德租界已经被中国收回,但这并没有影响美最时公司在汉口的生意,他们依然大把地赚钱。

抗战时期,汉口沦陷后,天下是日本人的了。但此时因二战缘故,美最时洋行的德国人业已再次被召唤回国,汉口只留下少量的人看管财产。1944年二战末期,美军开始对占领汉口的日军进行空中轰炸。有一次,日本人在武汉附近抓了三个跳伞逃生的美国飞行员。日本人将他们押在汉口街上游街示众,并且一路毒打辱骂,最后还将他们活活烧死。日本人的暴行惹怒了美国人。这年的12月18日,美国出动大批飞机,对着汉口的德、日租界猛烈轰炸。在这场轰炸中,德、日两个租界几成火海。美最时洋行的蛋厂、电灯厂以及一些住宅,几乎被炸毁殆尽。据说美最时在柏林的总行亦在此间被炸毁。消息传到上海,美最时洋行在上海的大班极度惊愕,当场身死。

抗战结束后,美最时洋行在汉口八十多年的历史宣告结束。国民党政府将汉口的一些德国人遣送回国,其中包括美最时在汉口的大班。美最时的财产全部被没收。美最时在汉口的建筑面积曾达9500平方米,但历经战火,时过境迁,现在业已难见其真貌。

五　在战争中收回德租界

但凡在汉口开辟了租界的洋人，没有不想把自己界面扩大的。所以，每一个租界都为自己的扩展和侵占跟汉口的政府以及百姓扯过不少皮。德国人也一样，从租界划定起，他们就在为扩展租界地盘动脑子。当时汉口的通济门城堡尚未拆除，通济门内外若干丈土地都是官地，不属租界。后来，城壕拆除，内外官地以及城壕本身所占地皮连成了一片。德租界即在通济门外，将这片地扩展到其租界内便成了他们的目的。1897年，德国驻北京特派员柯达士来汉口办理租界事宜，借武昌船关卡迁到通济门内的余地上建造的由头，说此卡的设立对德租界的道路有妨碍，要求江汉关署瞿廷韶把通济门外的空地让给德国人。这一年，正值中国与德国关系紧张。两个德国传教士在巨野被杀，德国当局以此为借口，派军舰占领了山东的胶州湾。柯达士在如此关头，向汉口官府提出讨要土地，胆小的官员们生怕将事端更加扩大，便答应了德国人的要求，以息事宁人。于是，德国人的租界一下子就扩大了30多亩。

在汉口德租界和京汉铁路间是华景街。为了防止德国人占地，汉口官府在这里修了一条灰石马路。1916年7月30日，华景街突发了一场大火。这场火又把德国人的占地之心烧了起来。驻汉口德国领事立即照会当时的湖北督军王占元,声称火灾对德租界造成了威胁,要求将德租界后的这条灰石马路,以及路两边的居民区都划入德租界内,华景街一带的警察权也并入德国工部局管理,由工部局收取门捐。中方派出的谈判人员与德国人交涉了几个来回,便作了让步,答应将灰石马路交给德方,撤销路上的岗警,改用德国巡警。

消息传出后,老百姓群起而攻之。当地居民召开几百人的大会,1000多人联名上书到省长,表示地属国土,主权神圣,坚决反对将灰石路权交给德国人。在民众的压力下,官府方拒绝了德方要求,而德方亦怕引起更大公愤,先表示缓议,最终也只有放弃。

我想,如果不是第一次世界大战的爆发,以及德国人在欧洲战场上的落败,德租界扩大地盘的事情还会在汉口继续下去。但是,这场战争却结束了这一切,包括他们的租界。

1914年6月28日是一个改变世界历史的日子。奥匈帝国皇储斐迪南大公夫妇在萨拉热窝突然遇刺。这个事件成为第一次世界大战的导火索。33个国家和地区共15亿人卷入了战争。这15亿人是当时世界上三分之二的人口。战争的时间长达四年零三个月。战争的结果是以挑起战争的德国为首的同盟国失败而告终。

中国虽是弱国,却也是大国,难免不被战争卷入。中国站在了协约国的一方。战争给全世界带来无穷尽的伤害，却意外地给了中国收回租界的机会。而中国收回外国租界的行动正是由此而始。当时的中国是北洋军阀当政。1917年3月14日，北洋军阀政府宣布与德国断交，并取消德国在华的一切特权。

第二天，也就是3月15日，湖北督军王占元接到命令，立即派了江汉关监督交涉员吴仲贤与汉口警察厅一个姓朱的督察长一起，领着200多人开进了德租界。吴仲贤代表政府宣告说，即日起中国政府正式收回德租界，并限令德领事馆成员48小时内离开汉口。德领事也是傲慢惯了的，纵使失败在即，但也不肯让步。他表示拒绝移交租界工部局的行政权力，甚至还说，他将"保持一切因中国政府这种行动而必要的对付权"。显然此时德国人的傲慢是虚的，空空洞洞，什么力量都没有。他的政府要应付全世界的人，又如何顾得过来一个小小的汉口？几个回合谈下来，德国人终于看清了自己所面临的困局，于是就范。德租界自此以特别区的面貌出现在汉口。3月28日，中国政府在德租界设立了特别区临时管理局。虽然法律程序尚未完成，但德租界实际上已经为中国政府正式接管。被德国人强索去二十二年的土地回到了中国人的手上。

现在的德租界零零星星地还遗留着一些当年的老房子，我们已经说不出它们曾经作何用途或是住过什么人，但是从一元路到六合路这几条为武汉人熟知的道路上走过，我们依然能够感受到往日的气息。走在这样的路上,有时会觉得历史离我们很远很远,有时又会觉得历史离我们很近很近。

主动送还回来的租界——俄租界

一 中国茶引来了俄国人

汉口的第一个租界虽然不是俄国人首开,但汉口的俄租界却是俄国人在中国开辟的第一个租界。在此前,俄国人在中国并无租界。选择汉口作为自己在华的第一租界,对于俄国人来说,理由也不复杂,是因为茶叶。

要说起来,为了茶叶,俄国人早就光顾了汉口。生意人为了赚钱是哪里都敢去的,虽然那时汉口尚未开埠,而俄国人为了收购茶叶,不仅到了汉口,还去了更为偏僻的鄂南的羊楼洞。这个时间往前推,大约要一直推到开埠前的1850年前后。可以说,茶叶是汉口最早外销的货物。

华茶在世界上名气大得很。有一说认为饮茶就是中国人首创,全世界的饮茶习惯以及种植茶叶的习惯,都是直接或间接地从中国流传过去的。这个说法很让爱喝茶的中国人感觉甚好。有一点可以肯定,茶叶在很长的时间内都是中国最大宗的出口商品。华茶曾经长时间独占世界茶叶市场。当时出口的茶叶主要是红茶、绿茶和砖茶。红茶主要销往英国,绿茶主要销往美国,而砖茶则销往俄国。

在北部草原,有条一直通向蒙古高原和西伯利亚腹地的驼道,它纵横上千公里,一路驼铃不断,那就是俄国人用来从中国运输砖茶的古道。这条道路的崎岖艰难自不必说,俄国人在这条道上用骆驼从中国内地运送茶叶回国,一走就是上百年,把驼道两边的荒郊野地都走出了城镇。直到开埠后,改用水路,驼道方日渐荒芜。

俄国人最初收购华茶,多是通过晋商为中介。鸦片战争后的1850年,俄国茶商取得清政府贸易许可,得以自行深入鄂南羊楼洞一带收购茶叶。有此前提,俄国人便将晋商抛开,直接面对茶农。随着汉口的开埠,他们在汉口成立了多家洋行,进行贸易往来。顺丰洋行、阜昌洋行以及新泰洋行多是在这一时期建立。茶叶生意的兴隆,使得汉口渐次成为中国的茶市中心。那时节俄国人在汉口做的最大生意就是茶叶。

1863年,俄国茶商李凡诺夫在湖北蒲圻的羊楼洞建立顺丰砖茶厂。阜昌洋行、新泰洋行也都设厂于羊楼洞。当时以羊楼洞为中心,茶庄有百余家,设庄范围东起通山,西迄临湘,南达通城,北至咸宁。每逢茶季,方圆数百里内,舟车往返,水陆如织,茶农们肩挑背负,前后接踵。凭着一个"茶"字,偏僻的羊楼洞迅速发展成一个繁华热闹的小镇子。羊楼洞用当地的观音泉和三条小川的水制茶。当时就有"长盛川""巨盛川""三玉川"等"川"字号茶。在茶砖上压上"川"字,是羊楼洞的标志。直到现在,那里的茶厂依然沿用着这个"川"字标志。

1873 年,也就是李凡诺夫在羊楼洞建砖茶厂的十年之后,他将顺丰砖茶厂搬到了汉口,显然,这里比羊楼洞更占有地理和贸易上的优势。

紧接着顺丰砖茶厂来汉口建厂的是阜昌砖茶厂,那是 1874 年,比顺丰砖茶厂只晚了一年。阜昌砖茶厂设址在英租界的阜昌街,街名因厂名而起。这条街便是现在的南京路。几乎同一年,俄商新泰砖茶厂亦在英租界下首吉祥街即现在的合作路江边开办。俄国人在内地开办的最大的砖茶厂便是顺丰、阜昌和新泰这三家。

在汉口的茶叶贸易中,俄国人相当厉害。英国人曾经有一段时间与俄国人相争,但最终败北。到 1894 年,由汉口直接装运出口的茶叶为 14.7 万担,其中俄国人占去了总数的 85%。汉口的茶市,几乎被俄商垄断。

二 与法租界地盘犬牙交错

1861年7月，俄国驻上海领事夏德尔宣布自己兼任驻汉口领事的差事。但俄国在汉口并没有开设领事馆，为此，俄国在汉口的通商事务便由美国领事代管。这关系有些莫名其妙。

直到1869年，俄国人才在汉阳设立了领事馆。他们本想在汉阳的梅子山划定租界，但被张之洞断然拒绝。俄国人不甘心，又以私人名义向一个叫金鉴堂的老百姓以及其他平民购买了梅子山的地皮。这块地坐落在汉阳西关之外，与通商口岸无关，属于内地。张之洞闻之，十分恼火。他明确指示："外国人在内地置办私产，与条约不合，应行禁止。"又说："该民人私行卖地与外国人，并不照章先行报明地方官请示，尤属谬妄糊涂，应行严惩，以儆效尤。"

鉴于张之洞的强硬，俄国人在汉阳开设租界的事没有成功，他们只得把领事馆建在了汉口。但这并不表示俄国人会有所退让。对于中国这么一块肥肉，不吃上几口，怎会甘心呢？更何况看守这块肥肉的人是那么软弱、那么胆怯。

1895年，德国人倚仗他们帮助中国从日本人手上讨回辽东半岛之功，在汉口讨得租界。德国人的租界线刚刚划定，俄国人和法国人也来了。1896年4月，俄国人和法国人以和德国人同样的理由,要求在汉口开辟租界。

早在英国人开辟租界后的 1865 年,法国人已经向汉口官府讨得一块紧挨着英租界的地皮作为自己的租办。但几十年来,法国人因自己的内外交困,除在此修建了一座法国领事馆外,并没有顾得上这块地,亦没有办任何手续和签任何条约,所以,这块划给法国人的租界地也是有名无实。而俄国人陆续以私人名义从汉口官府手上买去了这片地上不少的地皮。他们在这里修建了工厂、仓库,以及开辟了码头。从 1865 年到 1896 年间,这块地皮上只有俄国人兴建的两座砖茶厂以及少数侨民的居住点,一眼望去,仍然是一派荒郊野外的景象。

紧靠着这块地的下游,是新划定的德租界。俄国人和法国人都不愿意到德国人的下游去开辟租界,因为那边属于完全未开发的地方,更加荒芜,更加远离市区,诸事都不方便。法国人想要把他们以前讨来的地完整地划为自己的租界,但是俄国人的工厂已经在这里开设了许多年,而且他们将大部分的土地都买了下来。法国人自己早先没有及时立约,这块地还不能算他所有,为此,法国人对于汉口官府将此区域的地皮卖给俄国人毫无指责的余地。于是一个新的提议便出现在谈判桌上,那就是两家共享这块区域。好在自 1891 年起,俄、法两国已经结为政治上的盟友。既然是朋友,有话就好说了。

俄、法两国公使进行了磋商。他们约定:俄商人已经买下的地归俄租界,而余下的部分,便是法租界地盘。这两块地,有点犬牙交错,紧紧咬在一起。这样的划分,我以为俄国人是占了大便宜的。从位置上来说,沿江的地面有三分之二归了俄国人,而且紧挨英租界,距离市区要近许多;从面积上来说,俄国私人业已买下的地占这片老法租界地的三分之二,这使得俄国人得到的租界地面积远多于法国人。

1896年6月2日,俄、法两国同时与汉口官府签订了租地条约。《汉口俄租界条约》规定:"俄、法租界,现议在长江西岸,汉口镇英租界以下,沿江至通济门为止,计长二百八十八丈,以三分之一由俄界下至通济门城内官地为止,计为法界;以三分之二由英租界下至法界为止,设为俄租界。由指大路之外至江岸而言,是为前界,计长一百九十二丈,由大路至江岸,南首除一百零六丈,北首除三十七丈;其大路之内,南至北,抵法界为止,计前长九十四丈,后长一百一十六丈;由大路至城垣官地为止,南首除八十三丈,北首除一百零六丈五尺,均已堪定,竖立界石。"

因与法租界交错相处,若不到现场,怎么也看不明白条约所写内容。用简单的话说以及用现今的地名看,便是俄租界的范围定在上至英租界下游的合作路,下到黎黄陂路与黄兴路之间,西边靠近中山大道,东头抵达长江。其中有一段与法租界相勾连。它的总面积达414.65亩。俄国人的顺丰砖茶厂和新泰砖茶厂都划在了租界之内。而俄租界与法租界的边界是曲线,两国租界呈交错一起状。

俄国人霸道是无疑的。在租界内，原本住着不少中国人。俄国人对界内华人地产只准俄国人按限价租赁。华人不肯交出自己的房约地契，俄国人便对汉阳府的官员施压。这之间，官与民，民与洋人，都一定有过剧烈的争执和反抗，那些沾着血和泪的往事，那些平民百姓所经历的痛楚，都被掩埋在历史的文本之下。摆在我面前的这些一本正经的文字中，只有几个刺目的字："业主拒不听命"。那些最真实的内容或许我们永远都看不到了。

俄国领事馆原先设在黎黄陂路和洞庭街交会的武汉市基督教协会处。俄租界设立后，俄国人又修建了新馆。新馆坐落在现在的洞庭街 74 号湖北省电影公司院内。可怜当年神气活现的俄国领事馆，现在被人开成了餐馆。它的生意或许兴隆，或许冷清，无论如何，从它散发出的油腻气中，你怎么也想见不到俄国人曾经的风光。

俄租界划定的同一年，俄国设立了工部局和巡捕房，一切建制均模仿英国人。所不同的是，俄国巡捕房的巡捕，大多来自当时生活在俄国势力之下的东北人。这些东北人成了俄国租界的巡捕。

三　李凡诺夫的红楼

关于李凡诺夫这个人,我没有查到他更多的资料,只知道他是个俄国商人,曾经在汉口生活过很多年。有一说他在汉口的时间长达近六十年。这么长的时间,开着砖茶厂,做着赚钱的生意,他在汉口的俄租界内拥有大量地产也是必然。

李凡诺夫来汉口之前,先是在湖北蒲圻的羊楼洞。他做的是茶叶生意。很快,1863年,他便在当地开建了顺丰砖茶厂。这一开便是十年。汉口在这十年内发生了很大的变化,前来此地经商的洋人也越来越多。尤其英租界开辟之后,外国银行、洋行纷纷登陆汉口,给汉口带去前所未有的繁荣景象。在如此背景之下,李凡诺夫将羊楼洞的顺丰砖茶厂搬到了汉口。无论从哪个方面讲,汉口都有着比羊楼洞理想得多的地理优势和贸易优势。

可以说顺丰砖茶厂是汉口的第一家外资工厂,也是汉口的第一座近代工厂。此时,俄租界还没有设立。它的厂址选在了英租界下游方向的江滩边,即现在的黎黄陂路时代广场一带。在这里,俄国人修建了几栋两层砖木结构楼房,围成方阵,耸立三座烟囱。楼房里有当时最新式的蒸汽机、锅炉和多种制茶机械设备。为了这个工厂,俄国人还在江滩建立了码头,这也是汉口的第一个工厂专用码头。

李凡诺夫除了开砖茶厂外,还在汉口购置了不少房产。当年从沿江大道到洞庭街,从黎黄陂路到车站路,大部分房地产都为其所有或为其夫人所有。因为他们财产多,交的税款多,所以,在俄租界纳税人常年大会上,李凡诺夫和他的夫人每次都同时参加。

坐落在当年俄租界的吕钦使街,即现在洞庭街60号的一幢式样别致的红楼,便是著名的李凡诺夫住宅。这个地方是法俄租界的分界线。路对面,便是法国领事馆和法国领事馆官邸。所以常常有人认为李凡诺夫的房子是在法租界内。李凡诺夫红楼是典型的俄式民居楼房,三层砖木结构,红砖清水外墙,屋顶高低错落,一端有六角形尖塔,是典型的俄式风格建筑。

现在它已经被住在那里的居民搭建得乱七八糟,没了看相。纵使如此,我们依然能透过凌乱的色彩和杂乱的外表,看出它曾经有过的华丽岁月。斯人已去,只剩红楼。李凡诺夫住宅的具体建筑时间已然查询不到。听人说,他的后人曾经来汉口寻找过其祖父的房子,看到这幢房子历经岁月依然保留着,不禁唏嘘万千。

李凡诺夫红房子的楼下曾经开过一间酒吧,后来,画家冷军租下一部分,作为他的工作室。前不久,我去冷军的工作室参观了一下。这也是我第一次走进李凡诺夫的住宅。里面的房间多且宽大,像俄国人的做派。路径复杂,容易走晕。深红的地板和楼梯扶手仍然是当年的。冷军在这个工作室画出过许多精致的作品,也常常有文化艺术界朋友在这里聚会。只是我去的那天,冷军忧心忡忡地说,他恐怕也待不长了,正在计划搬离,因为房租上涨得太快了。

四 巴公房子

每一个走到鄱阳街上的人,都会注意到这幢红色的三角形状的房子。因为它与四周的建筑相比太为独特。它满带着异国风情立在道路当中,三角形的锐角部位像一块大礁石,将一条宽阔的马路像河流分叉一样变成了两股。其实这不过是一幢普通的住宅楼,可是因为设计得标新立异,于是它就变得非常有看相。走到这里,忍不住就想多看几眼,心里也忍不住揣测:这是什么人盖的房子呢? 他怎么要这样盖呢?

这幢房子,汉口人都叫它"巴公房子"。

我一直这么觉得,每一幢房子,你只要想探究它的背景,你就总能听到它背后那些或饶有趣味、或深沉曲折、或耐人寻味、或潸然泪下的传说和故事。一幢建筑无论好坏,它的那些原本单纯的砖砖瓦瓦沙沙石石,就像单纯的文字一样,一旦合为一体,就不再只有单纯。砖瓦沙石将背景和往事、原因和结果、时间和过程,都砌在了建筑之中,把流动的历史和波动的人生中的一个小小段落抑或细节,凝在了这个固定的时空。于是,你在透过每一条砖缝细细看时,就像是看着一篇旧时的文章,里面的内容真的是很丰富、很复杂,不禁令人联想。

巴公房子又何尝不是如此?

与巴公房子密切相关的是阜昌砖茶厂,现在我们就来说它了。

虽然李凡诺夫的顺丰砖茶厂来得最早,但规模最大的砖茶厂却是阜昌。它规模宏大,设备完善,工人达 2000 人之多。在福州、九江、上海、天津、科伦坡以及莫斯科都有分公司。

阜昌砖茶厂的老板叫巴诺夫,人们叫他"巴公",也叫他"巴洋人"。据说巴公是俄国贵族,沙皇的亲戚。他于 1869 年来到汉口,不久即被新泰洋行聘为大班。1874 年,巴诺夫同另几个在汉口颇有权势的俄国人共同开办了阜昌洋行,巴诺夫做了洋行的联合经理。1896 年俄租界开辟时,巴诺夫被推选为俄租界市政会议(即董事会)常务董事。1902 年前他甚至还出任过俄国驻汉口领事。算起来,这位巴公巴洋人也是汉口呼风唤雨的一位人物。曾有"长江流域第一买办"和"汉口首富"之称的刘辅堂、刘子敬父子,便是靠了巴公的提携,倚了巴公的势力,而成为汉口声名赫赫的大富豪。

早在俄租界开辟前,巴诺夫即买下了当时尚是荒地的汉口城堡内的一块地皮。洋人在汉口最初的跑马打球之地就是利用的这块地皮,后因嫌其小,方又在租界外即现在的解放公园一带购地重建。1909年,巴公花了15万两银子,由广大昌营造厂为他修建了这幢汉口著名的公寓大楼。大楼分两期修建,靠兰陵路一边的先完成,因其建筑面积较大,便被称为"大巴公";靠黎黄陂路这边后建,被称为"小巴公"。大小巴公合二为一后,便成了现在被人叫惯了的"巴公房子"。

巴公房子建筑面积近5000平方米,高达5层,共220套房间。它的设计者到底是谁,无确切资料介绍。有一说是景明洋行,也有一说是一个俄国工程师设计的。而房地产局的资料在设计者的位置上,则以二字替之:不详。

在汉口,巴公房子是最早的多层豪华公寓大楼是毫无疑义的。只是,它在汉口的著名并非因此,而是因了这房子的与众不同。它同我们已经看惯了的直角四边形或多边形建筑不同的是,它的平面呈锐角三角形。它立于汉口三路交会处,用房屋的三边画了个三角形,三角形中间的空洞自然形成一个三角形天井,以替内院。仔细琢磨,这构思也够绝的。如同许多老式楼房喜欢另外加顶一样,巴公房子的锐角处也加盖有尖顶,其顶形如一顶扣在头上的僧帽,令这房子莫名就生出些趣味。整个巴公大楼以平面单元式布局,各单元分别设有出入口。单元分户明确,户内各功能房间布局都极合理而紧凑。

1910年,巴公房子以它独有的姿态矗立在了汉口的街头,它的红墙白顶、三角外形以及它所呈现出来的俄罗斯式的情调和风格,都令路人情不自禁地驻足视之。同时它亦成为有钱人十分喜欢租住的公寓,尽管它的租金很贵。

1912年,生意头脑灵活的巴诺夫将这幢楼卖给了广东银行,价格是18万两白银。他做此屋时花去了15万两银子,不过区区两年时间,他靠这幢房子,便赚下3万两白银。对于普通百姓,这可是个天文数字。

巴公房子现在的地址是鄱阳路46-56号。只是经过岁月风霜,它的外表业已显得苍老,细看到处可见颓败,尤其当年极让人得意的三角中空的天井,而今已然无法入目。用脏乱破旧四个字来形容一点也不为过。九十三年过去了,虽然时间在剥蚀着巴公房子,但我以为更为够呛的是人造行为。从不修缮和保护房子,本身就是一种破坏。

春天的时候,我绕着巴公房子走了一圈,进到天井里细细地看了一番后,除了扼腕长叹,再无话说。

五　俄皇太子来到汉口

《汉口租界志》在1891年"大事记"上写着:4月19日,俄国皇太子克萨雷威茨与其亲戚希腊王子乔治乘"沃拉迪沃斯托克"号及战列舰"科雷兹"号、"波博尔"号抵达汉口。湖广总督张之洞在晴川阁设宴款待,并赋诗志庆。

俄国皇太子尼古拉 1891 年到中国游历,还专门跑来汉口一趟。虽然他参观了铁厂,对张之洞的实业也颇为关注,但实际上,这位太子之所以对汉口大感兴趣,也还是因为俄国茶商在这里十分活跃的缘故。这一年,是新泰砖茶厂二十五周年庆典,皇太子专程来参加这一庆典活动。

俄皇太子在汉口显然很是开心,走前表示要捐一座教堂给这里的俄国侨民。两年后即 1893 年,这座教堂便建成了。它就是位于鄱阳街 83 号的俄国东正教堂,原先在英租界内。正像李凡诺夫的红楼一样,这座东正教堂也算是比较典型的俄罗斯式建筑。它的体形不大,造型活泼。底层砖墙面由多向透视拱券组成,各面窗口上端均砌成尖拱。外墙采用壁柱、拱券和有雕刻的线角做装饰,处理十分精细。上层平面呈六角边形,屋顶则是绿色六坡攒尖式,铁皮屋面也是绿色的。整个教堂的外轮廓富于变化,飘逸流动。既有其端庄典雅的一面,亦有其轻盈艳丽的一面。由于其风格与中式建筑和众人常见的西式建筑全然不同,故而它在汉口给人以独树一帜的感觉。据说东欧的一些小教堂大都是这样的风味。

教堂虽说为皇太子所捐,但修教堂的钱肯定不会由他自己掏腰包,最后出钱的人自然还是这些把他弄来汉口的俄国茶商。这位皇太子从汉口回去不久,就当了俄国皇帝,是为尼古拉二世。可惜他的好运不长,俄国十月革命后的 1918 年,他被苏联红军处死。这座与他相关的俄国教堂虽时隔一百一十年之久,却依然屹立在汉口的土地上。

按照书上说,教堂已是武汉市房屋交易所办公地。但不久前,我去那里的时候,交易所似乎已经迁走,这座百年教堂空荡荡的,有如废墟,斑驳的色彩就成了支离破碎的往事。

倒是邀请皇太子参加建厂庆典的新泰砖茶厂所盖建的新泰大楼,近年经整修后,依然以一种簇新的姿态立在汉口的闹市区中。俄国十月革命后,俄国经济一落千丈,新成立的苏维埃政府将砖茶当作奢侈品,不准进口,汉口的砖茶厂几无生意可做。除了新泰被英国资本收购外,其他那些砖茶厂均已停工。新泰大楼是它的新主人英国人修建的。1921年,新泰砖茶厂拆除了俄租界河滨街列尔宾街口即今天的沿江大道兰陵路口的原建筑,并在此址上重建了一栋五层钢筋混凝土大楼。它竣工的时间是1924年。新泰大楼的设计者是景明洋行,施工者是永茂昌营造厂。景明洋行依然采用古典主义的手法,三段式的构图,中立圆柱,上建塔楼。但是比之它曾经设计过的同类型大楼,新泰大楼省去了许多繁杂的雕刻和装饰,显得简洁清爽而又不失庄重。

六　鄂哈街上的詹天佑故居

1

　　洋人最初在上海开辟租界时,并不愿意跟华人混居在一起,他们实行的是"华洋分居"的政策。因为小刀会起义,华人纷纷到租界躲避战乱,由此而打破了洋人独居的局面。随着租界里的华人越来越多,洋人很快发现华洋杂居的好处——因为华人的出现,租界内的各种店铺都开张了起来,很快形成租界内的繁荣景象。自此,开始了华洋杂居的时代。那时候,国内局势动荡不安,大多有钱人更愿意在租界购置房产,以求平安。同时,也因为租界的生活设施远高于华界,希望过更文明更自在的生活,也成了稍有经济实力的中国人在租界购置房产的理由。

　　在这样的背景下,詹天佑在俄租界购地盖屋就不足为奇了。

　　汉口洞庭街在俄租界时代叫鄂哈街。这条街,我也算是走过好多次了,但从来就没有注意到这里有一栋房子是詹天佑故居。而"詹天佑"这三个字,对我来说,却是一个如雷贯耳的名字。我父亲当年在上海交大学的是土木建筑的铁路桥梁专业,詹天佑是他的偶像,他在大学期间还专门跑去参观和考察詹天佑主持修建的京张铁路。因此,在我很小的时候,就听父亲讲述过詹天佑如何为中国人争气的故事。我对詹天佑的熟悉，就仿佛他是我早已认识的一个熟人一样。所以当我头一次听说詹天佑在洞庭街有一处房子，并且他本人在此居住多年直至去世的消息时，惊讶得一时竟说不出什么来。唯一做的事，就是立马跑到洞庭街，将詹天佑的故居——现在的詹天佑纪念馆细细地看了一遍。

2

1861 年的 4 月 26 日，詹天佑在广东南海县出生了。要说起来，他并不是广东人。詹天佑的祖辈乃是从江西婺源迁来此地，他们在这里经营茶庄生意。生意做到詹天佑父亲詹兴洪手上时，已由萧条败落到破产，因此詹兴洪主要靠代写书信和刻印章讨生活。

当时的中国，国门已开，仁人志士已经看到中国衰落的趋势，于是纷纷为民族为国家寻求富强救国之道。中国第一代留学生容闳在美国学成归来。他向清政府提出了选派幼童出洋留学十五年的建议，结果得到采纳。当时社会留学风气未开，敢于让子女小小年龄漂洋过海的父母寥寥无几。容闳手上的 120 名指标在上海竟没能招到，于是他转道香港继续招生。

詹天佑的父亲有个老朋友叫谭伯邨，他是广东香山人，很喜欢詹天佑，并将第四个女儿许配给了詹天佑。谭伯邨因常去澳门经商，思想相对开放，认为出国留洋方有出息，便鼓动詹兴洪送子赴美。詹兴洪听取了老友的意见，1872 年，十二岁的詹天佑在香港考中了清政府筹办的"幼童出洋预习班"，他在自己的志愿上填写的是"技艺"。

出发那天，詹天佑怀里揣着一张由父亲亲笔画押的出洋证明，登上了远行的轮船。这张证明上写着"倘有疾病生死，各安天命"。十个字的每一笔都透出生离死别的气息。

詹天佑抵达美国后，从小学读起，又读中学，然后又考入耶鲁大学，他用九年的时间，顺利地完成了从小学到大学的教育。1881 年，他以优异成绩毕业于耶鲁大学设菲尔德理工学院土木工程系铁道工程专业。这一年，詹天佑二十岁。

也正是在詹天佑毕业的这年，清政府采纳保守派反对幼童出洋留学的主张，兼之美国政府在 1879 年制定了《排华法案》，推行排华政策，于是第一批留学生在这一年被命令全部撤退回国。他们中的大多人虽然都尚在美国的大学或高中就读，但皇命难违，只能乘船归来。完成学业拿到学位的人只有两个，一个叫欧阳赓，另一个便是詹天佑，他们都是刚刚从耶鲁毕业。

回国的留学生们并没有引起清政府的重视。相反，清政府视这批学生为异己。因为多年的美国生活，使他们大都接受了西方的新思想，而对中国传统的儒家思想以及中国旧有的迂腐说教多少都有些抵制，因而他们受到当局冷遇也是当然。说来好笑，詹天佑回来后，非但没有用他所长，倒是被派到福建马尾水师学堂学习海军轮船驾驶。对于这位耶鲁大学的高才生，这样的学习自是不难。一年以后，他以考试第一名的成绩毕业。

1883年，中法战争爆发。已经在旗舰"扬武"号担任驾驶官的詹天佑无疑也参加了这场战争。当法国舰队进入闽江并对中国军舰发起突然袭击时，"扬武"号在詹天佑的指挥下，灵巧地左突右进，抓住机会击中了法国海军的指挥舰"伏尔他"号，令法国远征司令险些在此战中丧命。据说英商在上海创办的《字林西报》曾报道："西方人士料不到中国人会这样勇敢力战。'扬武'号兵舰上的五个学生，以詹天佑的表现最为勇敢。他临大敌而毫无惧色，并且在生死存亡的紧要关头还能镇定如常，鼓足勇气，在水中救起多人……"

很难想象得到，一介留洋书生，竟也能在炮火连天中从容不迫，勇立战功。这段往事，我以前也从未听说过，它实在是给詹天佑的生平添加了不少传奇色彩。

当然，詹天佑更多的传奇发生在铁路上，而非战争中。

1888年，詹天佑由老同学邝孙谋推荐，到中国铁路公司任工程师。离开所学专业七年之久的詹天佑，终于回到了自己的本行上，从此开始了他为之服务终生的中国铁路建设。初踏铁路的詹天佑，最初参加的是天津到山海关的津榆铁路的建设。他的名声也是由这条铁路而鹊起。

津榆铁路必经滦河，架设滦河铁路桥是关键。但是，滦河河床泥沙很深,恰又遇上水涨流急的时间,桥墩打桩难度很大。首先指挥打桩的是英国工程师,结果他失败了;接下来换了日本人,日本人也束手无策;最后德国人出马,同样也败下阵来。见此状况,詹天佑表示让他来试试。走投无路的英籍工程负责人无奈中,把此事交给了詹天佑。詹天佑细致分析了三个外国工程师失败的原因,又亲自带着工人进行实地调查,分析滦河河床的地质构造。他改变了外国工程师确定的桥墩位置,然后请来一帮滦河两岸水性好的青壮年农民,让他们轮流潜入急流中打桩,同时配以气压沉箱施工法。詹天佑将中国传统方法与机械相结合,一举获得成功。滦河铁路桥长 630 余米,是黄河大桥建成前我国铁路最长的钢桥。

一个年轻的中国工程师居然解决了三个外国工程师无法完成的大难题,这件事对世界同行的震撼当然是很大的,中国自己的工程师向世界亮相也由此开始。1894 年,詹天佑被选入英国土木工程师学会,成为加入此学会的第一名中国工程师。这一年,詹天佑三十三岁。

此后,詹天佑在国内辗转过许多铁路线,由关外铁路到津卢铁路,再到江西萍醴铁路、新易铁路、潮汕铁路等等。数年的实践,使他成为一个非常成熟的铁路专家。令他在全世界大显身手的时候到了,那就是京张铁路即将修筑。

京张铁路指的是北京到张家口的铁路线。张家口是北京通往内蒙古的要冲,南北旅商来往之孔道,向来为兵家所必争。因此,京张铁路的经济价值和政治价值不言而喻。这是一块肥肉,虎视眈眈的洋人们谁都想咬它一口,所以京张铁路即将修建的消息一经传出,英国人志在必得,俄国人亦誓不相让。这两家相争不下时,自己达成协议:如果清廷不借外债,不用洋人工程师,完全由中国人自己动手,他们双方便都不再争。在此情况下,清廷便只有物色自己的工程师了。

好在国内已有詹天佑。

1905 年 5 月,京张铁路总局和工程局成立,詹天佑被委任为总工程师。

京张铁路地形复杂,尤其关沟一带,重峦叠嶂,沟深林密,南口和八达岭的高度相差 180 丈,坡度极大,工程之难在世界上也属罕见。洋人们见中国人真的揭榜自修铁路,怪话纷然而至,或说中国"自不量力",或说詹天佑"胆大妄为",最不可思议的是一个叫莫理循的英国《泰晤士报》记者,他在 1905 年 5 月 25 日的一篇关于京张铁路的通讯中这样写道:"中国仅有的一位工程师是一个名叫詹(天佑)的广东人。他已被任命为这条铁路的总工程师。他从未做过独立的工作。……我们在山口碰上了他和他的同伴。詹骑着一头骡子,两个助手骑着毛驴,苦力们则背着经纬仪和水平仪行进。他们显然不打算测量。他们的主要任务是让大批满载的货车免税通过厘卡,以便运销张家口,获取暴利。"在这个记者眼里,骑着骡子疲惫地奔波在山间的詹天佑不是在测量,而是在走私。这真是一个天大的笑话。

在所有不利的舆论面前,詹天佑都没有动摇。他给他的美国老师写信道:"如果京张工程失败的话,不但是我的不幸,亦是中国工程师的不幸,同时带给中国很大损失。在我接受这一任务前后,许多外国人露骨地宣称中国工程师不能担当京张线的石方和山洞的艰巨工程,但是我坚持我工程。"

京张铁路1905年9月4日正式开工。在詹天佑细致的测量、精心的设计和顽强的施工下,整条线路所战胜的险阻和所攻克的难关,不计其数。在开凿居庸关和八达岭两处隧道时,他首创两端开凿、中开竖井施工法,而在山多坡陡的青龙桥地段,他运用"折返线"原理,设计了一段"人"字形线路,使得列车得以顺利行驶。

1909年8月11日,京张铁路全线通车,原计划用六年时间完成的铁路只用了四年。这是第一条由中国人自己设计、自己施工完成的重要的铁路线,詹天佑的业绩令那曾经瞧不起他的洋人瞠目结舌。还是那个《泰晤士报》的记者莫理循又写通讯道:"所有的工程师都告诉我,这项工程是不错的。现在如果要在我的报告中有意地去抹杀这条铁路的任何赞美之辞,我以为是不公正的。"

有一句老话叫作"什么都不要说,让事实说话"。詹天佑就是让京张铁路这个最大的事实来说话了,他的这个最有力的话语,从此让世界对中国的铁路和中国的工程师刮目相看。

3

1908 年和 1910 年,詹天佑分别受聘于商办川汉铁路总公司和广东商办粤汉铁路总公司任总经理等职,主持修筑川汉铁路和粤汉铁路。由于腐败的清政府出卖路权和时局的瞬息万变,这两条铁路的修筑更是困难重重。这期间发生了震惊世界的辛亥革命,中国沿袭了几千年的帝王时代一夜间轰然崩塌。辛亥革命后,新生的民国政府接管了全国铁路,确立了铁路国有政策,而正在修筑中的川汉铁路和粤汉铁路被命继续修筑。1912 年 12 月,川汉路和粤汉路的管理机构合并,定名为汉粤川铁路督办总公所,詹天佑任会办。

正是这年的年底,詹天佑从广州来到武汉,在汉口的俄租界鄂哈街——即现在的洞庭街 51 号买下一块地皮,亲手为自己设计了一幢住宅楼。1913 年房子落成后,詹天佑举家迁来汉口居住。

詹天佑带着他的妻子儿女,在这幢房屋里生活了七年。

这七年是詹天佑非常辛苦的七年。由于民国初年政局动荡不安之状况,汉粤川铁路的督办频频更换,及至 1914 年索性任命原为会办的詹天佑为该路的督办。时值第一次世界大战,北洋政府自己也焦头烂额,修路的钱款不能如期到位,两条铁路便时开时停,督办詹天佑为此费尽了脑力和体力。纵使如此,修筑两路仍如一场马拉松式的战斗。直到 1916 年 6 月,广州至韶关段方才通车,而武昌至长沙段则一直拖到了 1918 年 9 月。这是继京张铁路后,詹天佑主持修建的又一条铁路干线,他为此而获得了政府授予的二等嘉禾勋章,但是他却付出了身体的代价。至于川汉铁路却因国力衰弱,政府无能,而始终没能修完。

1919 年,因长期的劳累,詹天佑的健康状况越来越差,可他依然没有歇下来。这年 1 月,美、英、法、日等国组成特别委员会,在海参崴和哈尔滨举行会议,想要共同管理原中俄合办的中东铁路。2 月,詹天佑便奉召赴京,他被委派为中国方面的技术代表。这时的詹天佑已经抱病在身,但他深知这次会议对于中国铁路的重要性,因此带病北上。詹天佑在会上据理力争,竭尽全力强调中国的立场:中国铁路应该由中国人管理,不需要协约国委员会来监督。两个多月里,他白天冒着严寒去开会,晚上又研究各种文书议案,生怕主权有损。这样夜以继日地工作,令詹天佑的病况不断恶化。及至 4 月,他的身体已经无法再继续支撑下去,于是被紧急送回了武汉。

詹天佑在 4 月 20 日回汉,次日便住进了汉口的仁济医院。但是似乎太晚了,尽管医生全力抢救,心力衰竭的詹天佑依然溘然离世。这一天是 4 月 24 日,是他从东北回到武汉的第四天,距他五十八岁生日只差两天。

詹天佑的突然去世，举国莫不震惊。

5月，詹天佑的灵柩临时安放在汉阳广东山庄。根据詹天佑生前愿望，1922年迁至北京西郊。同年，詹天佑的青铜全身塑像在北京八达岭青龙桥车站落成。从此他就站在这青山绿水间，用他清澈的目光看着自己亲手修筑的铁路线蜿蜒地伸入崇山峻岭。

汉口洞庭街51号詹天佑故居，在1992年作为詹天佑纪念馆向全社会开放。

这是一幢砖木结构的两层楼房，拱形的门窗使房子有着优美的线条，跨五级台阶入正门后，一道半拱圆形内廊直通房屋深处。内廊两边是不同用处的房间，屋内铺设着地板。木地板下有半层空间，通风口朝外。武汉潮湿，隔潮的半层空间是必需的。整座楼房体量并不大，风格却很大气。既简练庄重（房子体型）又复杂活泼（屋面线条）。我去的那天，几无参观者。在这个充满庸俗讲求实惠的时代，又有几人能记起詹天佑呢？陈列室里静悄悄的，看着詹天佑的照片和他的遗物，想到这个人一生梦想着工业救国，并倾其全身心来实现这个梦想。而现实却是那样的残酷，他奋斗他努力他奔波他呼叫，甚至为此而拼掉了健康拼掉了生命，但他仍然无法让自己的梦想成为现实。

这一切，都令我的心里充满感动，同时也充满哀伤。

七　把我拿走的还给你

收回租界一直是中国人所盼望的事情,甚至包括享受租界种种好处的中国富人,也不愿意自己的国土由外人画地为牢。第一次世界大战后,中国政府收回了德租界,此后,又用了二十八年的时间,将所有的租界一一收回。但收回租界的方式是不同的。英租界收回是靠了市民的大示威和汉口政府的努力方收回来的;德租界的收回靠的是战争;俄租界的收回,却十分出乎人们的意料:它几乎是当时的苏维埃政权送回来的。这个回收的过程,像是一部大戏一样有趣。

1917 年,正值第一次世界大战期间,俄国爆发了十月革命。十月革命的炮声,结束了沙皇统治时代,从而建立了苏维埃政权。这是世界上第一个社会主义国家。两年后,也就是 1919 年 7 月,苏维埃政府发布了宣言:废除沙皇政府同中国签订的不平等条约,放弃沙皇政府以侵略手段从中国夺取的所有土地。

不费吹灰之力即可收回租界,这是何等快意的事情!

但要命的是苏维埃政府的诚意,并没有让中国官方高兴起来。当时的西方强国对这个新诞生的苏维埃政权毫无欢迎之意,他们倒是更希望坐在台上的是原来的沙皇。英、法、美的这种态度本身对中国官方就是压力,而在废除那些不平等条约一事上,更是压力重重。中国政府只能继续承认业已下台的沙俄政权。俄国在中国的各领事馆也依然站在这个下了台的政府立场上。他们似乎全都不相信,这个新生的苏维埃政权能在这个世界上站得住脚。

及至1920年,中国政府一来看到苏维埃政权的地位日益巩固,二来经不住中国百姓收回国土的强烈要求,于是暗中对各省的俄租界及俄国侨民状况进行调查,以便随时准备收回俄租界。但是在汉口的外侨们却纷纷反对,他们又是联合起来开会,又是提抗议,又是与中国外交部进行交涉。当湖北交涉员吴仲贤9月25日奉中国外交部之命,前去汉口俄领事馆通知他们在29日停止办公,并备齐文件,准备移交时,俄国领事立即召集俄租界侨民开会,他们一致决定在28日下半旗志哀,且将一份"陈情书"呈交给中国外交部。

便在此时,苏维埃政府发表了第二次对华宣言,宣布:"放弃侵占所得之中国领土及中国境内之俄国租界,并将沙皇政府及俄国资产阶级掠自中国者,皆无报酬的永久归还中国。"纵有此宣言在手,但英、法、美等支持沙俄政府的势力依然存在。他们于10月11日照会北洋政府,反对永远取消俄国人在中国的特权,并要求与中国政府共同管理俄国侨民在华利益。好在这个没道理的提议被当时的外交总长拒绝了。最有意思的是法国方面,他们提出汉口俄租界是法国租界的一部分,俄租界的任何变动,必须通过法租界领事同意。

北洋政府自己在中国的位置坐得就不是太稳,又加上这些海外强人的乱喊乱叫,估计也是又急又怕,烦得不行。本着退一步海阔天空的架势,10 月 22 日,中国政府宣称,俄租界由中国政府"代为管理","界内一切行政暂无变更",并向湖北交涉署发电,说"此次接收俄租界,系属代管性质,并非收回"。如此这般,虽然中方成立了"暂行代管俄界办事处",也派员进驻到俄租界里,甚至巡捕房也改成了警察所,但实际上,这些代管的权力是极其有限的,租界内并没有发生多少变化。

几年的时间过去了。谁都能看到,那个新兴的苏维埃政权在这个世界业已站稳了脚跟,而沙皇及白俄们早已成散沙一盘,远不可期待他们重振山河。中、苏两国之间的外交往来在此期间也开始解冻并步步深入。1924 年 5 月 31 日,中、苏在北京签订条约,规定:"苏联政府允予抛弃前俄政府在中国境内任何地方根据各种公约、条约、协定等所得之一切租界、租界地、贸易圈及兵营等等之特权及特许。"

面临如此局面,汉口俄租界的领事及白俄们始知,再继续这么赖下去的可能性已经不大了。6 月 27 日这天,俄领事贝勒成阔迁出了俄领事馆,住进了俄工部局的公寓中。几天之后的 7 月 1 日,中、苏双方代表一起到俄租界领事馆,三头六面地办理移交手续。当日,中国的国旗便在俄工部局大楼上升起。自此,汉口的俄租界才正式收回。

　　而俄商在汉口繁华热闹的茶叶市场也日渐萧条。顺丰和阜昌砖茶厂，均在 1917 年后停闭，新泰砖茶厂苦撑了一些年后，终于也于 1932 年转租给英商，英商将之易名为太平洋砖茶厂。俄商独占汉口茶市的局面从此结束。

　　时过境迁，俄国人也如潮水一样退出了汉口。在汉口这块他们曾经发财和享受的地方，只剩下这些老旧的房子，是它们把往事依然牢牢地嵌在汉口人的记忆之中。

最低档的租界——日租界

一　日本间谍早就来到汉口

　　用这样的题目并不是说我个人对日本人怀有多么深的厌恶，或是说因为汉口曾经被日本人占领的缘故，我在此故意恶贬日租界。而是在我看到的所有资料中，在老人们的回忆中，日租界就是给人这样的印象，这个印象甚至用"低档"二字都有所拔高。实际上的日租界，用"藏污纳垢"一词来形容恐怕更合适一些。

　　日本人因自己国土窄小，他们蛰伏在中国近旁，窥视中国动静，业已很久很久了。只是到了近代以后，日本经过明治维新，觉得自己已经有了足够的实力征服中国，于是对中国的野心便膨胀到无以复加的地步。为达到占领中国的目的，他们精心地收集中国情报，大量地派遣间谍潜来中国。汉口这个地方虽然地处中国内陆腹地,但日本人同样没有忽略过对它的关注。

1886 年,汉口的河街上突然冒出了一家乐善堂。开办这家乐善堂的人叫荒尾精,是个日本人。荒尾精是日本的兴亚论者。"兴亚论"主张以日本为盟主,联合中国和朝鲜,在日本指导下使东亚成为与欧美抗衡的力量。1886 年荒尾精被派来中国后即来汉口。他认为汉口地处交通要冲,居长江中游,在此控鄂湘、挟川陕,足可号令中国,为此,他选定了汉口作为他的活动地点。荒尾精对外是乐善堂的堂长,开着一个以营销眼药水、药材、书籍及杂货为名的小店。但实际上他在尽可能地收集各种情报,并提供经费,开展一个名为"中国调查的试行调查",其调查人员无所不查,山川、人口、物产、运输、兵制、粮仓、风俗、服饰,诸如此类,都属他们调查的内容。甚至一些无名的小河,哪里有摆渡,哪里没有,都详细记载。1889 年春,荒尾精回到日本,他向陆军参谋本部交了一份"复命书",其中提出日本对华政策。荒尾精认为,对中国,和亲奏效不大,武力征服也欠妥,因为鸦片战争之后,中国已经重视国防并有了海军;最好的办法是采用商品扩张,控制经济,掠夺中国。在荒尾精的游说下,1890 年日本又在上海创设日清贸易研究所。

1892 年,荒尾精在汉口乐善堂最重要的骨干成员津根一,根据汉口乐善堂历年收集的调查报告,撰写了《清国通商综览——日清贸易必携》一书,共二编三册两千三百多页,分为地理、交通、运输、金融、产业、习惯等项。这是日本在华情报机构最早的调查成果和研究中国社会经济的重要文献,成为当时日本人从事对华活动的百科辞典。

1896 年,荒尾精患鼠疫死在了台湾。1898 年,日本在汉口开辟了租界。

二 日本租界的圈定

较之西方诸强,日本在中国开辟租界时间颇晚。日本人开辟租界后,并没有好好地经营它,所以日本的租界大多商务不振。或许它开辟租界的本来目的就不在意它的商业意义,而是将之作为一个据点,以便一点点地蚕食中国。为此,日本的租界相对于其他国家在中国的租界,几乎是不重要的租界。

日本在中国的租界质量虽然很差,但数量却不老少。掐指算来,它仅次于老牌的帝国主义英国。而英国最早的租界比日本最早的抢先了五十三年。其实日本人在甲午战争之后,业已取得了在中国十三个通商口岸开辟专管租界的权益,如果这些租界全部被开辟出来,那么它的数量便将远远超过英国。只是,日本人心有余而力不足,它的经济实力与它的贪婪胃口相比起来,还差了许多。所以,日本在中国最终真正开辟成功的只是五个租界,汉口便是其中之一。

要说起来,日本开辟出来的五个租界,其中只有两个可称为"发达"租界,汉口日租界是其中之一。与其他日租界相比,汉口的日租界已经算是不错的了,但与汉口其他四个租界相比,它怎么看都是最差劲的一个。差劲到连日本人自己都看不中它,日本商人更是不愿将洋行和商店开在他本国的界内。

　　日本向中国提出了在汉口开辟租界的要求是在 1897 年,那时的中国以战败国的身份,已经与日本签订了一系列不平等条约。日本人希望把汉口德租界下游沿长江 300 丈地的范围内作为他们的租界。

　　时值张之洞督鄂时代。张之洞表示,紧靠德租界沿江向北一带早已定为汉口铁路发端之地,码头、堤岸等都已经计划好,只待水涸填土开工,而汉口至滠口一带地势低洼,为了方便客货上下,已经投巨资修建了 20 里石堤,如果此地被圈在日租界里,将码头下移 300 丈,地势全失,因此断难迁就。张之洞还说,法国租界只有 90 丈,而日本在汉口的商人比法国商人更少,如果只要 100 丈,倒可以想办法抽给一些。张之洞的态度很明确,但话说得很委婉。那就是你要地可以,但只能给你这么多,多了就不行。张之洞虽然是个洋务派,可是在同洋人打交道的时候,你经常能看到他为了国家利益会以十分强硬的态度去回绝洋人。

　　1898 年 7 月,日本驻上海总领事代办小田切万寿之助带了几个人来到汉口,打算具体商定日租界在汉圈地事宜。因为张之洞的反对,日本人想在汉口讨要 300 丈的面积最终没有成为现实。最终议定的日本租界界址是从德国租界北面起沿江下行 100 丈,东起江口,西北均抵铁路这一范围,即南起六合路(与德租界搭界),北抵郝梦龄路,东到江边,西达中山大道,总面积为 247.5 亩。在汉口的五个租界中,它的面积此时是排在第四。

这样,日本租界划定后,汉口的五个租界就此全部到齐。面积最大的是德租界,最小的是法租界,来得最早建设得最好的是英租界,来得最晚并且经营得最糟的是日租界。

三 日本人的霸蛮

近代以来,日本人的霸蛮在中国人心目中记忆犹新。没有办法,中国人跟人家打仗败得一塌糊涂,城下签约,便只能忍气吞声。

300 丈的租界面积没有要到手,日本人当然不会就此罢休。在他们的要求下,《汉口日本专管租界条款》中写上了这么一条:"此次所定日本租界,以界址过于窄狭,将来商户盈满,由日本领事官随时酌妥与江汉关监督商酌,购买妥宜地基,以便日后设立工厂。倘或丹水池迤下地方,有已归洋人租界之处,即应于丹水池以至沙口等各处地方,择江岸水深与泊船相宜之地代之,总以附近铁路为主。"他们将扩界的伏笔甚至早早就放进了条约当中。

此外,日租界还明文规定,无身份的华人一律不准居住在日租界。

汉口官府明知日本人没道理,却不敢不听之任之。自甲午战争后,民间虽对日本人的嚣张充满敌意,但官府惧怕日本人却已然成风气。反过来,日本人知道你因败而怕,于是便更加不可一世。打你中国都打得,占你一点地盘又算什么。

京汉铁路通了车,所谓"火车一响,黄金万两"已是事实。铁道两边的街市随着汽笛的频频拉响日渐繁荣。紧邻车站的法租界赚银子赚得兴高采烈,日本人毫无疑问地眼红起来。日本当时的驻汉口领事叫水野幸吉。他在当领事期间,四处调查华中一带的山川地理、水陆交通、商规民俗、人情世故,诸如此类,大小事情都不放过。之后,水野幸吉写了一本名为《汉口:中央支那事情》的书。这本书既是一段历史的记载,更是一份包罗万象的情报。他在书中写道:"汉口为长江之眼目,清国之中枢,可制中央支那死命之地也。"他还说:"汉口今为清国要港第二,……使视察者艳称为东洋之芝加哥。"那句汉口众所皆知的"东方芝加哥"之说,就是由此而起。水野幸吉在汉口修筑了江边的护岸工程,虽然方案是他的前任山崎桂所作,但最后完成却是水野幸吉。他又沿江建了诸多的码头,著名的三菱码头、日信码头等都是他在时所建。此外,他还将租界的街道按照日本风格来建造。水野幸吉所做这一切,都建立在他的观念之上,即日本应该把武汉当作重点扩张或渗透,拿下了武汉,就等于扼住长江中下游,如此,也就扼住了中国的咽喉。

1906 年，日本引用《汉口日本专管租界条款》中的条款，要求将汉口大智门车站外毗邻铁路并邻近德、日租界的千亩地租给日本，作为新的日本租界。紧靠火车站和铁路沿线的地方，经济与战略位置都十分特殊。这将对中国的利益造成太大影响，汉黄德道和江汉关监督都不敢做主，便向张之洞汇报。张之洞再次拒绝了日本人的要求。对于这些根本利益上的事，张之洞的态度十分强硬而坚决。水野幸吉无奈，只得转而要求中方依约将丹水池以下地盘允许他们扩界。这一次，他们得以成功。

1907 年 2 月，江汉关监督与水野幸吉签订了一份《推广汉口租界条款》，条款规定将日租界沿江下移 150 丈，新增面积 376.25 亩。日本人这次扩展的地盘将它原有的租界面积翻了一番还要多，以至总面积达到了 623.75 亩，成为汉口仅次于英租界的第二大租界。这还不包括他们的一块"飞地"——日本军队在界外建立的可驻屯数千士兵的军营。

就是如此，日本人仍然不断地做扩展的小动作。他们或私自在租界附近占地，或借口修建营房擅挖地基，或越界修屋，或偷移界碑，各种手段用尽。汉口市民与汉口官府为此与日本人数次较量，有一次几乎动武。还有一次汉口市民甚至联合起来，抵制日货，表示日本不还我土地，不复我主权，斗争决不罢休。在这样来来回回的较量中，日租界还是悄然地增加着面积。

但是，日本毕竟是一个小国，虽然明治维新后发展迅猛，可他的人力物力资源到底有限，为此总体实力也就与他的野心有着太大的距离，实可谓心有余而力不足。尤其与英、美诸国相比，日本同样也是贫弱不堪的。汉口的日租界一则因国力原本就不如早他而来的英、德、俄、法四国；二则他来得也太晚了点，只能顺着长江下游划定，那里距汉口闹市区有数里之遥，无论商家还是百姓都有交通不便之感，这也导致他的租界内店面稀少，街市清冷，完全没有英法租界的繁华之气。

日本人为让自己的租界快速兴旺起来，便不择手段。日租界的娼妓之多也不输于法租界。此外，他们还贩运军火，走私各类毒品。在汉口，日租界成为走私贩毒的大本营，比之吃喝嫖赌之风盛行的法租界更为过之。为此，当时的汉口人有一句土话，叫作"下东洋租界去呵"，意指去干肮脏龌龊的事。可见日租界给汉口老百姓留下何等恶劣印象。

四　日租界内的两大惨案

汉口的日租界是完全独立于中国法律和行政体制之外的。但凡日本人与中国人发生冲突，忍让的总是中国人。日本人的蛮横无理和中国官府委曲求全的姿态，更是激发了中国人对日本人的仇恨，反日浪潮一直在中国的民间涌动。

在汉口的日租界内,中国人受欺负的事亦屡有发生。冲突中,无论中国人是死是伤,最后的赔者总是中国人,而赢家总是日本人。很多的时候,中国人也忍了,但事情太过分时,中国人也有忍无可忍之时。在日租界内发生的最著名的两个惨案,便是汉口市民的忍无可忍所引发的。

其一是"四三惨案"。1927年4月3日,两个日本水兵乘人力车到日租界南小路——即现在郝梦龄路上的一家酒店去。下车时,日本水兵少付了车费,车夫在讨要时与之发生了争执。日本水兵非但不补付车费,反而抬脚便踢;酒店内的日本人见之,非但不劝,反而一拥而上,帮忙打人。结果双方扭打之时,日本水兵拔刀相刺,致使在场的一个中国工人当场毙命。围观的汉口百姓因此大怒,他们联合起来,徒手将打人的日本水兵一共六人抓了起来,并将他们送到了省总工会。日本总领事居然调来大批水兵,携枪带弹地一路追杀过去,一直追杀到了日租界外,他们先后打死汉口市民九人,重伤八人,轻伤者不计其数。

惨案发生的次日,武汉市民集会,要求立即撤退日本水兵,并且要求收回日租界。一个多月前,在武汉各界人士的呼吁下,国民政府刚收回英租界,现在,武汉人民亦欲借此机会,将日租界一举收回。

事态发展到如此地步,日租界关闭了他们在武汉经营的工厂、银行、洋行以及商店,并将在那里做事的华工一律辞退,连工钱都不支付。此外,日方也深知英国人是如何被赶出租界的,为此,他们调来 11 艘军舰,泊在临近日租界的水面上,仿佛随时准备炮火攻击。迫于日本人的压力,武汉国民政府采取了"战略退却"的政策。曾经在收回英租界过程中立下大功的陈友仁与日本领事谈判,并达成非正式解决"四三惨案"的协议。对于日本人来说,他必须撤兵并撤去各种防御武器;日本商人要复业,并且要发给华工工资;而国民政府则撤退驻防军警和工人纠察队,保护日本人的财产。至于"四三惨案"先保留再说,待适当时期再进行谈判。

此案一直拖到 1931 年,国民政府与日本人了结此案时,窝囊到令人瞠目结舌的地步。中国非但没有要日本人道歉、赔偿以及惩凶,反过来倒赔偿给日本所谓损失 35 万元。真不知道这个判是怎么谈的。

"四三惨案"最后是以中国人吃大亏而告终。

另一起"水杏林惨案"发生的时间与"四三惨案"只相隔一年多。

1928 年 12 月,日本海军开着四辆炮车在日租界演习。呼啸而过的炮车将正停车在同德里的人力车夫水杏林撞倒,顿时车毁人亡。日租界的巡警将水杏林送往同仁医院的太平间后,只给了死者家属区区 15 元安葬费就算完事。

汉口舆论一片哗然。中国官府为此而出面,派了一名交涉员前往日本领事馆抗议并交涉。日本领事先说水杏林是服毒死亡，后又称他是抢道被撞，咎由自取。汉口法院为表示公正，在派法医验尸时，特邀法籍医生同验。为证实是否服毒，还剖开了水杏林的胃部抽液化验。验尸结果证明是车祸所伤，受伤达 11 处导致死亡。

日本领事依然表示不承担任何责任，态度亦十分恶劣。中方指出日本军人在租界演习本来就是侵犯我国主权的行为，这也是造成水杏林死亡的直接原因。因而要求日方：一是撤退在汉的日本水兵；二是严惩肇事凶手；三是厚葬死者，抚恤遗属。

汉口各界为水杏林之死成立了"水杏林惨案后援会"，全国总工会也为此发表了《为汉口水案靠全国工友书》。在水案发生十天之后，汉口各界市民两万多人上街示威游行。紧接着，罢工委员会也成立了。罢工人员除了各界工人之外，还有租界之外日清公、三井洋行的华工们。人们喊出了对日经济绝交的口号。中方的反响如此激烈，日本人却嚣张不减，他们调来军队，实施戒严。各舰水兵持枪登岸，全然不将中国民众的呼声和官府的要求放在眼里。日本警察甚至着便衣架走水杏林的哥哥水裕林，并将之打成重伤。

这段与日本人较量的时间长达半年之久。日本人不断挑衅，中国人便不断抗议。或是因有胜利收回英租界的事例在前，或是被日本人欺负得有些恼火了，这次中国官府基本站在了民众一边。除了一直不停地向日方交涉外,国民党汉口市党部还召集了反日罢工委员会议,提出包括撤兵、惩凶、日方道歉等七项条件,并决定,日方如果不接受,反日、排日运动决不停止。这个运动一直坚持到次年的 5 月 22 日才告一段落。最后的结果是日本兵撤回本土,日本总领事向中国政府表示歉意,并支付水杏林家属抚恤金 4600 元等。

这一点小小的胜利,远不足形成对日本人的打击。嚣张惯了的日本人依然嚣张。他们在汉口的霸道一直维持到抗战结束。日本成为战败国,举旗向中国人投降,从此方结束日本人长达半个世纪在中国为所欲为的岁月。

五　日租界内残破不堪

汉口的日租界现在已经没剩下几幢像样的早期建筑了。个中原因,一则是原本日租界漂亮的建筑就不多。日本重要的银行和洋行的建筑大多修在靠汉口中心市区比较近的地方,像著名的日本横滨正金银行,其营业大楼几乎是汉口最漂亮的建筑之一,修建在英租界,而日清轮船公司、日信公司以及台湾银行大楼,也都建在热闹的江汉路上,那里同样是英国人的地盘。二则是汉口沦陷后,日本人一统天下。二战后期,驻汉口的日本人抓住了三个美国飞行员,对他们进行百般凌辱且不说,最后还将他们活活烧死。这件事激怒了美国人,美国空军对日租界以及它近旁的德租界进行了报复性轰炸。在美军炮弹密集的轰炸下,整个日租界几成废墟。战争结束后,那里已经没有几幢看得过去的房子了,本来街市就没什么章法的日租界,便显得更加残破不堪。这导致多少年后,那一带都还是一个杂乱无章的区域,只有临近江边的房子稍好一点。

　　大概正因为如此,武汉市府方有了一个大的改造动作,将原来日租界一带,整体改造成一个清洁、整齐、美观的小区。

六　一波三折的收回

　　在几个租界的收回中,日租界的收回是最复杂的。它经历了几个来回,可谓一波三折。

　　1930 年 11 月,中国当时的外交部长王正廷正式向日本驻华公使提出要求交还汉口租界。当时日本刚刚把重庆的日租界交出去。地处中心的汉口日租界与汉口其他租界相比,繁华气息是很差的,但与偏于一隅的重庆日租界相比,却又要发达得多。日本人断不肯轻易放弃,便采用了拖的方式,这一拖便拖到了"九一八事变"。交还租界因此成为一句空话。

　　1937 年,日本人发动了卢沟桥事变,中日战争的序幕正式拉开。战火很快便会烧到长江流域,为此,日本政府做出了撤退长江沿线日侨的决定。汉口日租界的领事半夜找到当时的汉口市长吴国桢，请汉口警察代为管理日租界。也就是这个月，日本在汉口的工厂、洋行全部停工。11月，日租界下旗走人，汉口市府当天便接管了日租界的行政与治安权力。自日租界开辟三十九年来，汉口第一次不见太阳旗，亦不闻木屐声。

也就是在接管日租界的当日，汉口警察对日租界内几处地方进行了搜查，当日便查获一个规模颇大的毒品机关和一家已经印制好大批伪钞的印刷所。日租界的龌龊由此可见一斑。

但是，中方虽然实际管理了日租界，却并没有一个正式的收回仪式或手续。直到1938年8月，日本军队业已逼近武汉，并对武汉进行狂轰滥炸。正处于保卫大武汉的沸腾中，汉口市政府为纪念"八一三"抗战一周年，在8月13日这天，以〔元字第10028号〕文件呈报湖北省政府，将汉口日租界正式收回，并改为第四特别区，前些年已经收回的德、俄、英租界分别为第一、二、三特别区。汉口市政府还将日租界内的街道重新命名，新起的街路名字均与抗战有关，或是抗战英雄，或是抗战地名。

只是收回租界才过了两个多月，汉口便成沦陷区。日本人卷土重来，日租界重新恢复，又成了日本人的地盘。

1943年，大势已去的日本人，导演了一场交还租界的大戏。日本人非但自己将租界交还给当时的汪伪政府，同时还促使法租界也一并交还中国。这一招，无非是想要挽回自己的败局，并拉拢中国老百姓人心。

这一年的1月,在汪伪政权对英美宣战一小时后,汪精卫便与日本所谓的"驻华大使"签订了《交还租界及撤废治外法权协定》等文件。正式的"交收"仪式定在了3月30日。选定这一天,乃是因为这是汪精卫的南京政府成立三周年纪念日。以这样一种方式来安抚汪伪政权,也算是日本人的精明。只是败局已定,再大的安抚也没什么用。

3月30日,"交收"仪式在日本总领事馆举行。除了"交收"汉口日租界,还同时"交收"沙市的日租界。大半个中国都是日本人在横行,汉口亦是日本人的天下,汪伪政权不过是日本人的傀儡,而由张之洞的第十三子张仁蠡所当的汉口市长,拍日本人的马屁拍得轰隆隆的,日本人说东他又哪敢往西。如此这般,处于大汉口这一小角落上的日租界交出去和不交出去又有什么两样?所以,日本人的"交还"和汪伪政府的"收回",不过是汉口这个大戏台上演的一场"双簧",给历史和后人留下了一段有点故事情节的笑话。

两年后的1945年8月,日本宣布无条件投降。此时的汉口政府,亦完全收回日租界。这次的收回,是最终的收回,是日租界自1898年开界以来,历经四十七年后的最终结束。此后,日本人再无反弹的机会。

最后的租界——法租界

一　法国人早早在汉口划定了地皮

历史教科书告诉我们,英国最早完成工业革命,靠了它在工业上的超前发展,而成为世界经济最强大的国家。这样的经济地位,也奠定它在世界市场的垄断地位。与它隔海相望的法国,虽然两国间经历了百年战争,以英国人失败而告终,虽然拿破仑时代令法国一度称雄,但法国国内接连不断的革命,一次又一次使得法国人无暇旁顾其他,于是诸事便都落在了英国人的身后。

在中国的掠夺也是如此。虽然法国人绝不想让英国独吞中国这块肥肉,但他们总是慢了英国人半拍。

英国人率先登陆中国。1843 年英国人即在上海划定租界,法国人直到 1848 年才开始在上海租地的活动,及至界址的划定,业已是 1849 年的春天了。

而在汉口，法国人来得更晚。1861 年英国人将长江北岸的一片荒原归到了自己的麾下。两年后，法国商人来汉口做生意的越来越多，法国这才开始以英国为榜样开口向汉口官府要求建立它的专管租界。法国人狮子大开口，他们看中了汉口龙王庙一带的地皮，但遭到拒绝。非但汉口官府不愿意将这块熟地交给法国人，英国方面也大不乐意。早在英国人划地界时，就已经有言在先，但凡以后其他国家划定租界，只能在英国租界的下游。法国人没能占着龙王庙，便只好讨要了英租界下首、城墙之内的土地让与权，这时已经是 1865 年了。

法国在这块土地上修建了自己的领事馆。除此之外，他们什么也没有做，甚至未与汉口官府签约。这并非法国人突然心怀了慈悲，放弃这块到手的土地，亦非中国官方突然硬下了心肠，拒不给法国这个列强签订条约。而是法国国内的局势动荡不安。在这段时间里，法国跟越南的战争还没结束，转身又对普鲁士宣战，接下来，法国国内的革命又轰天而起——这就是我们熟知的巴黎公社革命，再往后，中国与法国又在中国南部打了个不亦乐乎。那时的法国，担心的是自己在上海的租界会被中国收回，又哪有心思去旁顾中国腹地汉口江畔这一块小小的地盘呢？

这一放便过去了三十一年。1896 年，中法战争已于一年前以"中国不败而败，法国不胜而胜"的结局而告终。此时的汉口，比之三十一年前法国人前来讨要地盘时已经发生了巨大的变化。而汉口官府曾经答应给法国的地皮,业已被俄国的几家砖茶厂买去了不少。

最重要的是,京汉铁路马上就要修建,这条铁路线一旦贯通,武汉的经济地位和战略地位将发生质的变化,而在武汉的租地浪潮亦会扑面而来。法国政府这时方想起,这块他们几乎快要放弃的地皮,其实对他们来说非常非常重要。于是这一年,法国如同德国和俄国一样,倚仗自己帮着中国从日本人手上讨回了辽东半岛的资本,又向清政府要求把当年曾经划分给他的那片土地完整地租借给他。

因为俄国的工厂业已买去了这块地皮上的大片土地,而俄国人也欲在汉口开辟租界。由于俄、法两国关系友善,于是,他们经过协商,将这块地皮二一添作五,两家瓜分了。俄租界和法租界跟汉口官府的条约在同一天签订。俄国人占去了这块地的三分之二,而法国人只给自己留下了三分之一。

1896年6月2日,法国驻上海总领事与瞿廷韶签订了《汉口租界条约》。法、俄两租界位置处在英、德两租界之间。法租界区的个体界线是:北起中山大道,沿黄兴路上首穿越胜利街,经黎黄陂路下首,洞庭街至车站路上首直达江边,占地187亩。

在汉口此时已经开辟有英、德、俄、法四个租界,其中法租界面积最小,但它的位置最为适中,因为正在修建的大智门火车站就在它的近旁。这个交通要道之地,人来客往的区域,或许正是法国人所想要的。这些不散的人气将给法租界带去不可小看的繁荣。

二　花天酒地的糜烂

法国人的浪漫全世界闻名。法国的租界既然由法国人管理,这份浪漫自然也会弥漫。中法之间的贸易规模远比不上中英贸易,所以法租界内的商业一般不是大规模的进出口业务,而是向老百姓供应日常生活的零售用品。为此,法租界里的商店是非常密集的。像上海著名的霞飞路、天津繁华的劝业场,都是在法租界内。

汉口当然也不例外。汉口的法租界内各式商店之多,生意之旺,全然可与比它早开辟三十年的英租界相提并论。只是除此之外,与英租界的舒适完善、德租界的洁净讲究、俄租界的清静幽雅所不同的是,法租界完全以另外的姿态向汉口百姓展示了西方社会的另一种生活,那就是花天酒地的糜烂。

1900 年,京汉铁路修成通车,汉口的大智门火车站就在法国人的眼皮底下。来来往往的乘客,给法租界带去了最大的商机,大智门火车站几乎成了法租界的一棵摇钱树。一个叫圣保罗的法国人,眼光独具,他在距火车站不远的地方,买下法租界内一块地皮。他要在这里盖一幢租界地区最豪华的酒店。这幢酒店无论是建筑风格还是内部装饰,全都满带法国风情。他从1914年开始修建,一直到1919年方修成。因为酒店处于京汉铁路终点站,便以英语的 terminus(终点)之意命名,汉语音译,便成"德明"。这就是汉口著名的"德明饭店"。

德明饭店一经开业,便成了往来的高级客人、外国富商以及官僚政客的首选住地。直到现在,德明饭店仍然是人们眼里一家与众不同、舒适豪华并值得关注的饭店。除此之外,各色小旅馆也是门面对着门面。为了留客,并让客人们尽情享乐,这些旅馆烟、赌、娼都一起上。据说,这一带每临夜晚,推麻将声,喝酒猜拳声,拉京胡唱戏声,彻夜不散。法国人有一条名叫"万佛"的小火轮,每月往来汉口运销鸦片。这个鸦片便通过法租界内的旅馆向外销售。旅馆里的烟客们又将之倒转到各地。为此,法租界的鸦片货源极其充足。在这里抽鸦片也是公开的,巡捕房生财有道,他们公开发售吸烟执照,牌照价从五十到十几元不等。那年月,当个巡捕真是很好发财呀。

纵然是在国外,法国人也不会放弃他们所喜欢的生活方式,他们要享受,要娱乐,要花天酒地。为此,汉口的诸多娱乐场所都在法租界。

武汉最早的一家专业电影院——百代影剧院便在法租界。百代影剧院创办于1912年,后曾改名维多利亚电影院。这里既放电影,也演戏剧,条件相对简陋。解放后成为汉口铁路工人俱乐部。相对百代影剧院,1918年在法租界落成的另一家电影院,设施便要完备得多。这家电影院早年的名字叫"九重天大戏院",由西班牙人拉木斯创办经营。因经营效果不佳,便改名为"威严大戏院"和"皇后大戏院"。改名后的状况依然不佳,拉木斯便在1930年将之转让给意大利人鲍德。鲍德接手即将戏院改名"中央大戏院"。非但如此,他还将电影院硬件进行了改造,使之成为武汉唯一一家有冷暖气的电影院;对所放映的电影也重新定位,专放外国电影,而且采用有声放映机。这样一来,看客们蜂拥而至,生意一下兴旺起来。这种兴旺局面延续几十年不衰,这便是汉口赫赫有名的解放电影院。还有1920年建成的汉口大戏院,后又叫明星大戏院,也在法租界,它的位置与中央大戏院几乎紧挨着。上世纪30年代后,这里专放国产片,在汉口的人气也非常旺。它就是我们后来熟知的武汉电影院。此外,还有位于辅堂里口的"大舞台",位于永贵里的"天声舞台",位于安庆里口的"立大舞台",都在法租界内。

法国人在他们的地盘上修建各种娱乐设施,能怎么享乐,就怎么建设。汉口最早的电影院、最完备的大戏院几乎都在这里。在法租界这个只有100多亩的土地上,戏院、影院密集程度,超过武汉任何一处。汉口的繁华气息差不多也就是从这些灯红酒绿、夜夜笙歌中透露出来的。

如果仅是如此，倒也罢了。在汉口，妓院最集中的也在法租界。长清里、辅堂里、如寿里、永贵里，这都是汉口著名的里份，娼妓集中在此，每家妓院都在法租界的巡捕房完纳花捐。说起来也是明娼。而天声街一带的茶馆、烟馆中，更多的却是暗娼。她们悄然在法租界这一带行走，巡捕房明知其状，但他们只要可能收到钱，也就权当什么都没看见。旅馆也是妓女的集中之地。嫖客们在旅馆找妓女，当时俗称"叫条子"。旅馆有印制好的条子，嫖客在上面填上妓女的花名，旅馆将之送到其所在妓院，妓女依条所示房间登门入室。妓女也是有帮派之分的。法租界的妓女主要分为苏帮（苏州）、扬帮（扬州）和本帮（汉口），各帮妓女都只说自己的方言。或许是秦淮河的余风犹存，下江妓女一向是以才貌双全而著称的。为此，汉口的高级妓女几乎全部集中在法租界内。

法租界的繁华和热闹是仅次于英租界的。因为所有的法租界都有漫长的历史，尤其上海，几近百年。在汉口，法租界的时间也长达四十七年，因而它是一个得到充分发展的租界。只是比较起居住的舒适和幽雅来，它却远不如短命的德租界和俄租界。

三　三德里的悲剧：向警予之死

这是一个复杂的故事。故事的主人公是著名的向警予。

246

向警予是中国共产党第一个女中央委员。这个湖南女子十分年轻时便有远大的抱负。最初她想走一条教育救国的路,在她的溆浦老家办新式学堂。之后,为寻求真理,也为逃避她不想要的婚姻,她决定远赴欧洲勤工俭学。在法国,她同中国最早的那批革命活跃分子一起为中国的革命奋斗。向警予 1919 年到法国,在那里待了近三年,1921 年回到祖国。回国后不久,她加入了中国共产党,并成为当时的妇女领袖。

　　1928 年,向警予在武汉做地下工作,这期间她住在法租界三德里 96 号。这年 3 月,她的住处被一个叫宋若林的叛徒出卖,向警予被法租界当局逮捕,并关押在巡捕房拘留所。当时国民党任武汉卫戍司令的胡宗铎,获悉共产党的高层领袖向警予被法国巡捕房抓获,立即向法国驻汉口总领事陆公德交涉引渡。

　　初被法国人逮捕时,向警予装作听不懂法语,只说自己是小学教员;在身份暴露后,向警予用一口流利的法语质问法租界当局:这里是中国的土地,你们有什么权力来审问中国的革命者?你们把法国大革命的历史都忘记了吗? 你们法国人不是鼓吹自由、平等、博爱吗? 不是说信仰自由吗?

　　陆公德原本打算将向警予引渡给中国,但见向警予正气凛然,才智出众,深为折服。陆公德知道一旦引渡给中方,向警予必死无疑。于是,陆公德改变想法,拒绝引渡向警予。

　　法租界的态度激怒了国民党。他们一则通过传媒告诉民众,这个陆公德"受贿庇共",挑起民众抗议情绪,甚至提出了"收回法租界"的口号;二则通过武力,欲强迫陆公德就范。面对如此压力,陆公德将泊在九江的两艘法国军舰调来武汉,并在法租界内实施戒严,同时驳斥有关他的谣言,要求中方拿出他受贿的证据,并限胡宗铎 24 小时内答复。胡宗铎这回硬了,他调集了一个师,欲对法租界包围。双方几乎处在了剑拔弩张的局面之下。

法国驻华公使见事情闹大了,他不想与中国官方关系闹僵,于是将陆公德撤职,换上了另一个名叫吕尔庚的法国人担任法国驻汉口总领事。吕尔庚初来时,态度几与陆公德一样,也要求中方拿出所说的"受贿"证据。但面对中方交涉员的强硬态度,以及汉口民众欲借此事一举收回法租界的气势,吕尔庚担心由此而导致去年英界事件的重演,便采取了妥协方式。他表示同意将向警予引渡给汉口官方,同时还致函给交涉署交涉员表示歉意。信函中说,只要不收回法租界,一切都好商量。

4 月 12 日,向警予被引渡到武汉卫戍区司令部军法处监狱,在那里受尽折磨。南京政府立即表态,暂时中止收回法租界运动。十几天后,也就是 5 月 1 日,向警予在汉口余记里空坪惨烈而死,时年三十三岁。

中国官方一向怕洋人,为了剿共,竟敢跟洋人叫板;而洋人一向在中国人面前强硬而霸道,这一次为了保住自己的地盘,却向中国官方妥协了。这个难得的妥协,导致了我们的向警予悲壮牺牲。

面对这样的历史过程,有时候你会觉得不知道说什么才好。三德里 96 号房子还在老地方。那幢房子的门前注明着这里是向警予居住并被捕的地方。想起这个一心追求真理,性格刚烈坚强的女人,被一伙巡捕抓着从这小门推出来的样子,便觉得革命的残酷和悲壮,同时也觉得做这样的女人需要何等无私的胸怀、何等伟大的精神啊。

四　战争中唯一的避难所

1937 年抗日战争爆发,武汉曾经成为抗战的中心。武汉百姓与驻守在这里的官兵奋起保卫大武汉,这场仗打得非常激烈而艰难,敌我双方的战死者无数,纵使如此,却仍然没有挡住日本人侵略的步伐。眼看日本人就要闯进门来,汉口的居民但凡有一点能耐,都跑到法租界避难。因为多少年来,无论局势多么动荡,租界总是平安无事的。而此时的法租界,已经是汉口唯一的租界了。

鉴于避难法租界的人数日益增多,法租界工部局董事会决定用铁丝网和铁蒺藜,将法租界通向华界的所有街区连接处都设立起栅子。法国人在每一段栅子外都装上电网,电网后面又筑起防御工事,堆满沙包,架起了枪炮。由全副武装的法国兵和安南(越南古称)兵驻守和巡逻。各路口的栅子有十五个之多,门上钉着代表法国三色国旗的标志。

1938年10月25日,法国人判断日本人朝夕将至,便在这天关闭了栅子,并通上了电网,将自己完全与华界相隔绝,仿佛一个孤岛。正是这天的晚上,日本人的铁蹄踢开了武汉的大门,长驱直入汉口的大街。武汉由此沦陷。

　　而此时的法租界内人山人海,临时拥入的中国人多达好几万。每幢房子都挤满了人,一时间,二房东、三房东满地都是。租金高且极难租到。沦陷的当晚,界内停水,次日的清早,满街都是找水的居民。胆大的人越过租界的河街——即今日的沿江大道去长江里取水。而此时的河街,已被法国人开放,日本的军车和军队也被允许穿行。取水的人们紧张不安,整个取水过程像做贼一样,舀罢水,拔腿便跑。

　　租界当局为了把自己弄得更安全,在租界内又修建了一道以双排木桩为立柱的铁丝网,以此将租界内分为中心地带和非中心地带。一旦面临事态紧急时,法租界随时准备将非中心地带放弃,只保中心地带。这个中心里,圈进的都是法国工部局、巡捕房、外国洋行、银行以及外侨的住宅。介于租界内和中心地带外的居民们,提心吊胆,生怕夹在中间日子更不好过。在那些天里,整个法租界既骚动不安又恐惧害怕,用水深火热来形容当时老百姓的生活一点也不为过。这样的局面维持了好几天,直到市面相对平静,提篮挑担的商贩可以进入租界(但不许叫卖),才缓解了法租界几近无米之炊的状态。

1938 年 11 月,日本人向法租界的华人难民发放了安居证。这证也不是人人都发,而是发给日本人认定的"良民"。持有这种安居证的人,可以自由进出法租界。此证一发,拥出法租界的人以万而计。

五　接收法租界曾经上演过一场闹剧

汉口法租界是最后一个收回的租界,但它仿佛演出了一场闹剧。

1938 年秋,汉口沦陷。汉口的天下是日本人的天下。就算法租界,在日寇的统治下,也只能战战兢兢,不敢对日本人有半点冒犯。

同欧洲战场一样,在中国,对日本人的对抗也从来没有停止过。1941 年,太平洋战争爆发,美国人投入战场,欧洲战场局势发生扭转;而 1942 年 6 月的中途岛一战,惊心动魄,日本人的败势也开始呈现。卖国投靠的汪伪政权也因日本的落败而惶惶然。为了安抚汪伪政权,以期它在中国百姓心目中的恶劣卖国形象有所改变,同时也为了笼络中国百姓的心,日本人想到一个主意,那就是让汪伪政权来收回日本租界。1943 年 1 月,日本将在华日租界的权力交还给了中国的汪伪政权。但是,在中国,还有其他国家的租界存在着,比方法国。为了让收回租界有一个完满结局,日本人决意帮助汪伪政权将其他租界也都收回来。

　　这时的法国,正处在德国人的统治之下。日本人向他的同伴德国人寻求帮助。为了跟日本保持一致,靠德国人扶植的法国维希政权迫于德国人的压力,也只有表态,愿意放弃在中国各地法国租界的行政权。但法国人从内心何尝愿意放弃自己在中国的这些特权,这块肥肉曾经给他们带去过多少利益。所以,法国人虽表了态,却迟迟不见行动,这一点颇让日本人恼火。他法国人不过是德国政权的傀儡而已,竟然敢对日本人阳奉阴违。这年4月,上海法租界巡捕房的一个巡捕打死了一家衫袜店的学徒。法国人虽然败在德国人手上,可是他们在中国依然是傲慢和霸蛮的。换了平常,打死中国百姓,中国官府通常是大事化小,小事化了。但这回就不同了。日本人和汪伪政权一唱一和,大肆鼓噪收回法租界之舆论,甚至专门派了司法部长去上海办理这个案子。法国人这才明白,有德国人撑腰的日本人,他也是得罪不起的。但是让他将中国所有租界一下子都放弃,他又是心疼不过,所以,法国人采取了"丢卒保车"的策略,决定先行将天津、广州和汉口三处的租界交出去。

　　5月18日,汪伪政权的代表夏奇峰、吴凯声等与法国方面代表一行,在伪外交部签署了《天津、汉口、沙面法租界实施交还细目条款》,条款中规定,这三个租界将于6月5日一律移交给汪伪政府。

1943 年 5 月 20 日,汪伪政府任命吴凯声为汉口法租界的接收大员,于是吴凯声偕随行成员于 6 月 2 日抵达武汉。6 月 5 日,在汉口法租界工部局专门举行了一个"接收"仪式。据说,这天工部局大楼张灯结彩,一派节日景象。工部局主楼下门和两边窗户间的每一根墙柱上都悬挂着涂有蓝白红三色条纹的盾牌,上面插有三面法国小国旗。接近中午的时候,举行了升降旗仪式,降下法国国旗,升起"青天白日满地红"旗。

　　除了吴凯声一行外,法国驻汉口总领事葛礼邦也参加了这个仪式。还有一个参加者是汪伪武汉特别市政府的市长张仁蠡。这个张仁蠡便是对武汉这个内陆城市的发展有着巨大贡献的张之洞的第十三个儿子。张仁蠡就出生在武昌,早年就读北京大学。汉口沦陷后的 1939 年春天,他出任了汪伪政权下的武汉市长。为拍日本人马屁,他卑微到甚至将武汉的时钟拨快一小时,与日本时间相同。他以市政府的名义,下令让武汉的中等学校必须进行日语教学,必须向学生讲述日本历史和日本国情,以此奴化中国人。

　　在这个"接收"仪式上,除了法国驻汉口总领事葛礼邦和接收委员吴凯声分别讲话外,张仁蠡也登台致辞。张仁蠡说:"从此以后,本市已经没有租界的存在了,此为最有历史意义的一天。"随后,他便向南京政府汇报"接收"过程。这天晚上,市府还要求市民鸣放鞭炮,以示祝贺法租界的收回。可以说,张之洞在武汉留下了他一生中最为光彩辉煌的一页,而他的儿子张仁蠡却在武汉留下了最可耻最卑鄙的一页。

其实在此前的半个月即 5 月 19 日,在重庆的国民政府,眼见日伪政府导演出这场"接收"闹剧,也宣布取消法国根据不平等条约在中国取得的包括租界在内的一切特权。但是,租界在汉口,这里是日本人的天下,重庆政府心有余而力不足,收回之命也不过一张白纸。

但是,对于汪伪政府对法租界所做的"接收",因其本身就是伪政权,当然不为国际社会所承认。中国的国民政府也不承认他们的"接收"。抗战胜利之后,国民政府外交部于 1945 年 11 月 24 日,正式公布《接收租界及北平使馆办法》,规定汉口法租界的收回,乃根据法国维希政府在 1943 年发表的放弃其在华之不平等特权的声明和重庆政府在 1943 年 5 月 19 日发表的取消所有法国不平等条约所取得的一切特权的声明办理。这一办法公布后,各地的市政当局纷然正式接收租界。自此,法租界才算真正意义上完成收归回国。

1946 年 2 月 28 日,法国驻华大使与国民政府外交部长王世杰签订了《关于法国放弃在华治外法权及其有关特权条约》,这个条约从法理上承认了中国政府收回租界的事实。

汉口租界自 1861 年英国人开辟起始,到 1945 年,历时八十四年的历史就此结束。从此,汉口的土地上再无租界。

"小说家的散文"丛书